CUENTOS DE

STEFAN ZWEIG

Austral Cuentos

CUENTOS DE

STEFAN ZWEIG

Traducción
Julia C. Gómez Sáez

Títulos originales de los cuentos: *Vergessene Träume, Brief einer Unbekannten, Die unsichtbare Sammlung, Buchmendel*

© de la traducción, Julia C. Gómez Sáez, 2026

© Editorial Planeta, S. A., 2026
   Avda. Diagonal, 662-664, 08034 Barcelona (España)
   www.planetadelibros.com

Diseño de la colección: Austral / Área Editorial Grupo Planeta
Ilustración de la cubierta: © Núria Just
Primera edición en Austral: mayo de 2026

Depósito legal: B. 25.038-2026
ISBN: 978-84-08-32046-3
Composición: Realización Planeta
Impreso en España

Índice

Sueños olvidados

La villa estaba situada junto al mar.

En los silenciosos y crepusculares paseos bordeados de pinos, se respiraba la saturada fuerza del aire salobre del mar. Una ligera brisa perpetua jugueteaba entre los naranjos y rozaba, como dedos cautos, aquí y allá alguna colorida flor, haciéndola caer. A lo lejos, el sol resplandeciente bañaba las colinas, en las que brillaban delicadas casas como perlas blancas, y un faro a varias millas de distancia se erguía como una vela. Todo brillaba dibujando contornos nítidos y delimitados y se introducía, como un mosaico radiante, en el profundo azul del éter. El mar, en el que solo de tanto en tanto se vislumbraban muy pero que muy lejos las velas relucientes de barcos solitarios como si fueran chispas blancas, se acurrucaba con el vaivén de sus olas contra la terraza escalonada sobre la que se alzaba la villa, que trepaba para internarse profundamente en el verde de un extenso y umbrío jardín y allí se perdía en un parque soñoliento sumido en un silencio de cuento de hadas.

Desde la casa durmiente, sobre la que pesaba el calor matutino, corría un sendero estrecho cubierto de grava, como una línea blanca, hasta un fresco mirador bajo el que bramaban las olas con sus asaltos salvajes e incesantes y, aquí y allá, salpicaban brillantes partículas de agua que, bajo la luz cegadora del sol, presumían del irisado brillo refulgente de los diamantes. En ese lugar, las rutilantes saetas del sol irrumpían en parte entre las agujas rumorosas de los pinos, estrechamente unidas, como enfrascadas en una conversación íntima, y en parte daban a parar contra una sombrilla japonesa completamente abierta, estampada con patrones alegres de colores vivos y estridentes.

Bajo su sombra, una figura femenina se reclinaba sobre un mullido sillón de mimbre y sus hermosas formas se ajustaban cómodamente al flexible entramado. Dejaba caer, como olvidada, una mano esbelta y sin anillos con la que jugueteaba con el pelaje sedoso y brillante de un perro, acariciándolo placentera y suavemente; mientras que, con la otra mano, sostenía un libro sobre el que los ojos oscuros de largas pestañas negras, que parecían contener una sonrisa, concentraban ininterrumpidamente toda su atención. Tenía unos ojos grandes e intranquilos, cuya belleza era aún mayor por su velado brillo opaco. En general, el poderoso y atractivo efecto que ejercía su rostro ovalado de facciones afiladas no destacaba por la naturalidad ni la homogeneidad, sino que su refinamiento se debía a una serie de lindos detalles, cultivados con una cuidada y delicada coquetería. El desorden en apariencia irregular de sus perfumados rizos lustrosos era fruto de la laboriosa obra de una artista, y también la sonrisa muda que le temblaba en los labios durante la lectura y dejaba al descubierto el blanco y reluciente esmalte de los dientes, resultado de largos años de pruebas ante el espejo, pero que ahora ya se había convertido en el arte de un hábito arraigado e indeleble.

Un ligero crujido en la arena.

La mujer levanta la vista, sin cambiar de postura, como una gata tomando un baño de sol bajo la luz tibia y deslumbrante, limitándose a fulminar con sus ojos fosforescentes al recién llegado.

Los pasos se aproximan con rapidez y un criado con librea se detiene ante ella y le entrega una delgada tarjeta de visita para después apartarse un poco y quedar a la espera.

Ella lee el nombre con la misma impresión de sorpresa en la cara que la producida por un desconocido que nos saluda con la mayor familiaridad en plena calle. Por un instante, se le dibujan unas arruguitas sobre las cejas negras y afiladas que revelan un esfuerzo intenso por recordar y entonces, de repente, un alegre resplandor se le expande por todo el rostro, los ojos refulgen con una luminosidad cargada de júbilo al pensar en los días de juventud transcurridos hace ya mucho tiempo, totalmente olvidados, cuyas radiantes escenas despierta de nuevo aquel nombre en ella. Los rostros y los sueños adquieren una vez más formas tangibles y se hacen tan claros como la realidad.

—¡Ah, sí! —dijo recordando súbitamente y dirigiéndose al criado—. Por supuesto, el caballero querrá presentarse.

El criado se marchó con pasos discretos y sumisos. Durante un minuto, reinó el silencio; solo el viento incansable canturreaba quedo entre las copas de los árboles circundantes teñidas del dorado del mediodía que caía a plomo.

Y luego, de repente, unos pasos ágiles reverberaron enérgicos sobre el camino de gravilla, una sombra alargada le llegó hasta los pies, y una alta figura masculina se presentó ante ella e hizo que se levantara con ímpetu de su asiento abombado.

Primero se encontraron sus ojos. Él echó un rápido vistazo a la elegancia del porte de su anfitriona, mientras que la sonrisa ligeramente irónica de ella centelleó también en su mirada.

—Es muy amable por su parte que se haya acordado de mí —empezó a decir ella, tendiéndole una mano pulcra y aseada que despedía un brillo tenue y que él rozó respetuoso con los labios.

—Apreciada señora, deseo serle sincero, porque este reencuentro no se ha producido hasta pasados los años y, además, me temo, no volverá a repetirse hasta pasados otros tantos. Es más bien una casualidad que haya acudido hasta aquí: el nombre del propietario de esta mansión, por la que pregunté a causa de su espléndido emplazamiento, me trajo de nuevo a la mente la relación con usted. Y en realidad por eso estoy aquí, consciente de mi culpa.

—Pues no por ello es menos bienvenido. En un primer momento, yo tampoco logré acordarme de su existencia, aunque antes fuese tan significativa para mí.

Entonces ambos sonrieron. El aroma tenue y dulce del primer amor de juventud medio secreto había despertado en ellos con toda su dulzura embriagadora como un sueño del que, al despertarnos, curvamos los labios con desdén, por mucho que deseáramos volver a soñarlo, volver a vivirlo, aunque fuese una vez más. El hermoso sueño de lo inacabado, que solo se desea y no se atreve a exigir, que solo se promete y no se entrega...

Continuaron conversando. Sin embargo, ya existía afecto en sus voces, una tierna confianza como solo puede generarla un secreto sonrosado ya medio desvaído. Con palabras quedas y alguna risa alegre aquí y allá que echaba a rodar sus perlas, charlaron de cosas pasadas, de historias olvidadas, flores marchitas, lazos perdidos y destruidos, minúsculas muestras de amor que se habían intercambiado en la pequeña ciudad en la que antaño pasaron su juventud. Las viejas historias que agitaban en su corazón campanas sofocadas por el polvo y enmudecidas hacía mucho tiempo, como leyendas desaparecidas, se llenaron lenta, muy lentamente, de una solemnidad fatigada y dolorosa; el colofón de su exánime amor de juventud revistió su conversación de una seriedad profunda y casi triste.

Y la voz de él, con un timbre grave y melodioso, vibró suavemente cuando le contó:

—En América recibí la noticia de que se había prometido cuando su matrimonio a buen seguro ya se había consumado.

Ella no contestó. Sus pensamientos se trasladaron de nuevo diez años atrás.

Durante largos minutos cayó sobre ambos un bochornoso silencio.

Y luego ella le preguntó en voz baja, casi inaudible:

—¿Y qué pensó entonces de mí?

Él levantó la vista sorprendido.

—Puedo hablarle con franqueza, pues mañana pongo rumbo a mi nueva patria. No me enfadé con usted, ni hubo momentos en los que tomara decisiones cargadas de hostilidad o confusión, pues la vida ya había enfriado el vivo fuego del amor, convirtiéndolo en una parpadeante llama de simpatía. No la entendí, solo... la compadecí.

Una ligera mancha de un rojo oscuro cubrió las mejillas de ella y el brillo de sus ojos se intensificó al exclamar agitada:

—¡Compadecerme a mí! No imagino por qué.

—Pues porque pensé en su futuro esposo, una de esas personas indolentes y siempre ávidas de dinero; no me diga que no, no quiero agraviar en ningún modo a su marido, al que siempre he respetado. Y porque pensé en usted, en la muchacha que era cuando la dejé. Porque no lograba hacerme a la idea de cómo usted, esa persona solitaria e ideal, para quien la vida cotidiana solo representaba una despreciable ironía, podía haberse convertido en la respetable esposa de un hombre común y corriente.

—¿Y por qué me habría yo casado con él si todo eso fuera cierto?

—No lo sabía con seguridad. Tal vez él poseyera

cualidades ocultas que escapan a la observación superficial y que no empiezan a vislumbrarse hasta que se produce un contacto íntimo. Y esa se me antojó la solución fácil al acertijo, pues había algo que no podía ni quería creer.

—¿Y qué era?

—Que se hubiera casado usted con él por su título de conde y por sus millones. Eso me pareció lo único que no podía ser posible.

Fue como si ella hubiera ignorado la última frase, pues, tapándose con los dedos, que, bajo la luz del sol, resplandecían con un rosa oscuro sanguíneo como una concha púrpura, miró a lo lejos, hacia el horizonte velado, allá donde el cielo sumergía su ropaje azul pálido en la oscura suntuosidad de las olas.

También él estaba perdido en profundas reflexiones y casi había olvidado sus últimas palabras, cuando, de repente, ella dijo con voz casi inaudible, apartándose de él:

—Y, sin embargo, ese fue el caso.

Él la miró sorprendido y casi horrorizado, mientras ella se dejaba caer en el sillón con una calma lenta, a las claras artificiosa, y prosiguió hablando con una monotonía cargada de nostalgia sosegada y sin apenas mover los labios:

—Nadie me comprendía en aquel entonces, cuando aún era una niña pequeña que se expresaba con temerosas palabras infantiles. Tampoco usted, que tan cerca estuvo de mí. Tal vez ni siquiera yo misma. Todavía pienso con frecuencia en ello y no me entiendo, pues ¿qué saben las mujeres de sus almas de niñas que creen en milagros, cuyos sueños son como delicadas y tiernas florecillas blancas que se dispersan con el primer soplo de realidad? Y yo no era como todas las demás muchachas, que soñaban con héroes dotados de valentía varonil y de la fuerza de la juventud, que debían convertir su deseo anhelante en felicidad resplandeciente y su callado pálpito en jubiloso conocimiento y traerles la salvación al sufrimiento incierto, confuso, incomprensible y, aun así, palpable que ensombrece sus días juveniles, haciéndose cada vez más oscuro, amenazante y opresivo. Eso es algo que yo nunca conocí; mi alma puso rumbo a bordo de otra embarcación de ensueño hacia el bosquecillo oculto del futuro que se encontraba tras las brumas envolventes de los días venideros. Mis sueños eran otros. Siempre soñaba que era la hija de un rey, como las que aparecen en los libros antiguos de cuentos de hadas, que juegan con refulgentes y radiantes piedras preciosas, cuyas manos se hunden en el resplandor dorado de tesoros fabulosos y cuyos vestidos ondulantes son de valor incalculable. Soñaba con el lujo y la magnificencia porque me encantaban ambas cosas. ¡Qué gozada cuando podía pasar las manos sobre una trémula seda cantarina, cuando podía apoyar, como si estuvieran adormilados, los dedos sobre el suave plumón de enigmático ensueño de un pesado terciopelo! Era feliz cuando podía ponerme anillos en las delgadas falanges de mis dedos temblorosos de alegría como si fueran las cuentas de un collar y cuando brillaban gemas blancas sobre la densa cascada de mi cabello como perlas de espuma: mi máxima aspiración siempre fue relajarme en los mullidos asientos de un elegante carruaje. En esos instantes, me embriagaba una belleza artística que me hacía desdeñar mi verdadera vida. Me odiaba a mí misma cuando llevaba puesta mi ropa de diario, modesta y sencilla como la de una monja, y solía quedarme días enteros en casa porque me avergonzaba de mi vulgaridad, me escondía en mi estrecho y feo cuarto, yo, cuya ensoñación más hermosa era vivir sola junto al vasto mar, en una propiedad que fuera tanto suntuosa como artística, con emparrados verdes y buena sombra, donde la abyección de los días cotidianos no clava sus indecentes garras, donde reina la calma... casi como aquí. Así pues, mi marido hizo realidad aquello con lo que soñaba y, justo porque tenía la capacidad para hacerlo, se convirtió en mi esposo.

Enmudece y su rostro resplandece con la belleza de una bacante. El brillo de sus ojos se vuelve hondo y amenazador y el rojo de sus mejillas arde aún más.

Reina un profundo silencio.

Allá abajo solo se oye el sonido rítmico y monótono de las refulgentes olas que arremeten contra los escalones de la terraza como contra un pecho amado.

Entonces él dice en voz baja, como para sí mismo:

—Pero ¿y el amor?

Ella lo oye. Una tenue sonrisa se esboza en sus labios.

—¿Sigue manteniendo ahora mismo todos sus ideales, todos aquellos que se llevó consigo a ese mundo lejano? ¿Los conserva todos incólumes o algunos han muerto, se han desvanecido? ¿O acaso no han acabado por arrancárselos violentamente del pecho y se los han tirado al estiércol, donde los han aplastado miles de ruedas de carruajes que iban tras propósitos vitales? ¿O acaso no ha perdido ninguno?

Él asiente melancólico y guarda silencio.

Y, de repente, se lleva la mano de ella a los labios y la besa sin pronunciar palabra. A continuación, dice con voz afectuosa:

—¡Adiós!

Ella le contesta con firmeza y sinceridad. No siente vergüenza alguna por haberle desvelado su más profundo secreto y haberle mostrado su alma a alguien ajeno a ella durante años. Sonriente lo sigue con la mirada y piensa en las palabras que él ha pronunciado sobre el amor, y el pasado vuelve a interponerse, con pasos silenciosos e inaudibles, entre ella y el presente. Y, de improviso, se le ocurre que aquel podría haber regido su vida, y sus pensamientos se tiñen de colores ante esa extravagante ocurrencia.

Y despacio, muy despacio, casi imperceptiblemente, muere la sonrisa en sus labios soñadores...

Carta de una desconocida

Cuando, por la mañana temprano, el conocido novelista R. regresó a Viena después de una excursión
revitalizante de tres días en las montañas y compró un periódico en la estación, fue consciente, en
cuanto le echó un vistazo a la fecha, de que era su
cumpleaños. Cuarenta y un años, recordó de pronto, y esa constatación no le hizo ni bien ni mal.
Hojeó por encima las crujientes páginas del periódico y se marchó a casa en un coche de alquiler. El
mayordomo le comunicó que, durante su ausencia,
había recibido dos visitas y algunas llamadas telefónicas y le trajo el correo acumulado sobre una bandeja.
Lo ojeó sin mucho interés, rasgó un par de sobres
que le interesaban por sus remitentes y, de primeras, dejó a un lado una carta que parecía voluminosa escrita con una letra que no conocía. Entretanto,
le habían traído el té, así que se recostó cómodamente en la butaca, hojeó una vez más el periódico
y les echó un vistazo a varios impresos. Después,

se encendió un puro y recogió la carta que había apartado.

Eran veintitantas páginas escritas con premura en una agitada caligrafía anónima de mujer, un manuscrito más que una carta. Instintivamente, palpó de nuevo el sobre, por si se hubiera quedado olvidada alguna nota adjunta en su interior. Sin embargo, estaba vacío y solo contenía las hojas, sin remite ni firma. «Qué extraño», pensó, y recogió la carta. «A ti, que nunca me has conocido» ponía en la parte superior a modo de saludo, como encabezamiento. Asombrado, interrumpió la lectura: ¿se refería a él o a alguna persona imaginaria? De repente, se le despertó la curiosidad y empezó a leer:

Mi hijo murió ayer. Durante tres días y tres noches, he luchado contra la muerte por su pequeña y frágil vida, cuarenta horas me pasé sentada junto a su cama mientras la gripe sacudía con la fiebre su pobre cuerpecillo candente. Le apliqué frío sobre la frente en llamas, lo cogí de las inquietas manitas día y noche. A la tercera noche me vine abajo. Mis ojos ya no podían más, se me cerraban sin que me diera cuenta. Tres horas o cuatro me quedé dormida en la dura silla y, mientras tanto, se lo llevó la muerte. Ahora está ahí tendido, mi pobre y dulce muchacho, en su estrecha camita, exactamente como murió; solo que le han cerrado los ojos, sus ojos oscuros y sagaces, le han cruzado las manos sobre su camisita blanca y hay cuatro velas que arden en cada esquina de la cama. No me atrevo a mirarlo, no me atrevo a moverme, porque, cuando tiemblan, las velas proyectan sombras sobre su rostro y su boca cerrada y, entonces, parece como si sus facciones se movieran y me imagino que no está muerto, que se va a despertar de nuevo y, con su voz luminosa, me va a decir algo cariñoso e infantil. Pero ya lo sé, está muerto y no volveré a mirarlo para no seguir albergando esperanza, para no seguir decepcionándome. Lo sé, lo sé, ayer mi hijo murió... y ahora lo único que me queda en el mundo eres tú, solo tú, que nada sabes de mí, que, entretanto, no tienes ni la menor idea de nada y te dedicas a juguetear con las cosas y las personas. Solo tú, que nunca me has reconocido y al que siempre he amado.

Me he llevado la quinta vela y la he instalado aquí en la mesa desde la que te escribo. Es que no puedo estar sola con mi niño muerto sin gritar con toda mi alma; además, ¿con quién podría hablar durante estas horas aciagas sino contigo? ¡Tú, que eras todo para mí y lo sigues siendo! Tal vez no pueda hablarte con claridad, tal vez no me comprendas... Tengo la cabeza embotada, las sienes me palpitan y me martillean y me duelen muchísimo las extremidades. Creo que tengo fiebre, quizá yo también haya contraído la gripe que ahora se cuela de puerta en puerta, y eso sería bueno, porque así me marcharía con mi hijo y no me vería obligada a hacerme daño. De tanto en tanto, se me nubla la vista; tal vez no pueda acabar de escribir esta carta, pero pretendo hacer acopio de todas mis fuerzas para, por una vez, solo esta, hablarte a ti, amado mío, tú que nunca me has reconocido.

Solo a ti he de hablar; a ti debo contarte todo por primera vez; tienes que conocer toda mi vida, esa que siempre ha sido tuya y de la que jamás has sabido nada. Solo podrás enterarte de mi secreto cuando ya esté muerta, cuando ya no tengas que darme respuesta, cuando esto que hace que me tiemblen los miembros, ahora tan fríos y calientes, suponga de verdad el fin. En caso de que siga viviendo, romperé en pedazos esta carta y seguiré callando, como siempre he callado. Si la tienes entre tus manos, sabrás que una muerta te relata su vida, que fue tuya desde su primera hasta su última hora. No temas mis palabras, una muerta ya no aspira a nada, no aspira al amor, ni a la compasión, ni al consuelo. Solo quiero una cosa de ti: que me creas todo lo que mi huidizo corazón te revele. Créemelo todo, eso es lo único que te pido: nadie miente en las horas de duelo de su único hijo.

Quiero confesarte toda mi vida, esta vida que en realidad se inició aquel día en que te conocí. Lo de antes fue más bien algo neblinoso y confuso en el que mi recuerdo nunca más se volvió a sumergir, una suerte de sótano de gente y cosas imprecisas, polvorientas y cubiertas de telarañas, de las que mi corazón ya no sabe nada. Cuando llegaste, tenía trece años y vivía en la misma casa en la que tú vives ahora, la mismísima casa en la que sostienes en la mano esta carta, mi último hálito de vida; residía en el mismo pasillo, en la puerta de enfrente a la de tu vivienda. Lo más probable es que ya no te acuerdes de nosotras, la humilde viuda de un asesor fiscal (que siempre iba a luto) y su flacucha hija adolescente —éramos bastante discretas, en cierto modo, nos hallábamos inmersas en nuestra escasez pequeño-burguesa—. Puede que ni siquiera conocieras nuestro apellido, pues no teníamos ninguna placa ante nuestra puerta y nadie venía a vernos ni preguntaba por nosotras. Ya ha pasado tanto tiempo, quince o dieciséis años, no, seguro que ya ni siquiera te acuerdas, amado mío, yo, ¡ay!, yo recuerdo apasionadamente cada detalle, aún recuerdo como si fuera hoy mismo el día, ¡no!, la hora en la que oí hablar de ti por primera vez, la primera vez que te vi, ¿cómo podría no hacerlo?, si fue entonces cuando el mundo empezó para mí de verdad. Paciencia, amado mío, porque te lo voy a contar todo, todo desde el principio, pero te pido, eso sí, que no te canses de escuchar hablar sobre mí durante un cuarto de hora, pues yo no me he cansado de quererte durante una vida entera.

Antes de que te mudaras a nuestro edificio, vivía tras tu puerta una gente odiosa, desagradable y pendenciera. Pobres como eran, lo que más odiaban era la miseria de los vecinos, la nuestra, porque no queríamos tener nada que ver con su brutalidad proletaria y decadente. El hombre era un borracho que golpeaba a su mujer; con frecuencia nos despertábamos en mitad de la noche por el estrépito de sillas tiradas y platos destrozados; en una ocasión, la mujer se escapó por la escalera, golpeada y ensangrentada, con el pelo revuelto y, tras ella, bramaba el borracho, hasta que la gente salió a las puertas y lo amenazaron con llamar a la policía. Desde el principio, mi madre había evitado cualquier contacto con ellos y me había prohibido hablar con los hijos, que aprovechaban cualquier oportunidad para tomarla conmigo. Si me los encontraba en la calle, gritaban obscenidades a mis espaldas y una vez me arrojaron bolas de nieve tan duras que me corrió la sangre por la frente. Todo el edificio odiaba con un instinto compartido a aquella gente y cuando, de pronto, algo sucedió —creo que el hombre fue encarcelado por un robo— y la mujer tuvo que marcharse con sus trastos a otra parte, todos respiramos aliviados. El cartel del anuncio del alquiler estuvo unos días colgado en el portal y después lo retiraron y, por medio del conserje, corrió rápidamente la noticia de que un escritor, un caballero tranquilo que vivía solo, había alquilado el piso. Fue entonces cuando escuché por vez primera tu nombre.

Al cabo de unos días, acudieron pintores, albañiles, el servicio de limpieza y empapeladores que sanearon la casa tras la marcha de sus mugrientos ocupantes; martillearon, picaron, fregaron y lijaron, pero mi madre no podía sino estar contenta, porque, según dijo, por fin se terminarían los inmorales tejemanejes al otro lado del pasillo. A ti aún no te vi la cara, ni siquiera durante el traslado: todas aquellas labores las supervisó tu sirviente, ese mayordomo de pelo cano, menudo y serio, que lo dirigía todo desde arriba con maneras silenciosas y expertas. A todos nos imponía mucho, en primer lugar, porque, en nuestro edificio suburbano, un mayordomo era una gran novedad y, en segundo, porque se comportaba con todos nosotros con una extraordinaria cortesía, sin ponerse al mismo nivel que el resto del servicio ni dar lugar a conversaciones amistosas. A mi madre la saludó respetuosamente desde el primer día como a una dama e, incluso a mí, que niña era, siempre me trató con confianza y seriedad. Cuando pronunciaba tu nombre, siempre lo hacía con cierta reverencia, con un respeto particular; se veía de inmediato que te tenía un cariño que iba mucho más allá de lo que acostumbraba el servicio. Y cómo lo quise por ello, al bueno del viejo Johann, aunque lo envidiaba porque su tarea consistía en estar siempre a tu lado para servirte.

Te cuento a ti todo esto, amado mío, todas estas pequeñas cosas, casi ridículas, para que entiendas cómo pudiste granjearte ya desde el principio tal poder sobre la niña tímida y atemorizada que yo era. Incluso antes de que tú mismo entraras en mi vida, ya existía un aura a tu alrededor, un halo de riqueza, singularidad y misterio que hizo que todos en nuestra pequeña casa suburbana (las personas de vida mediocre siempre sienten curiosidad por toda novedad que tiene lugar ante su puerta) esperásemos con impaciencia tu llegada. Y esa curiosidad por ti se intensificó incluso más en mí cuando, una tarde después de la escuela, llegué a casa y estaba aparcado delante el camión de mudanzas. El transportista ya había metido en el interior del edificio la mayor parte de los muebles más pesados y, en ese momento, estaba sacando uno a uno objetos más pequeños; yo me quedé junto a la puerta para poder contemplar todo asombrada, pues todas tus pertenencias eran tan extrañas como ninguna otra cosa que hubiera visto antes; había fetiches indios, esculturas italianas, deslumbrantes cuadros de enorme tamaño y, por último, vinieron los libros, tantos y tan hermosos como nunca hubiera creído posible. Los apilaron todos junto a la puerta y allí los recogió el sirviente y, uno por uno, les sacudió con cuidado el polvo con un plumero. Yo rondaba curiosa alrededor de la pila que se hacía cada vez más grande y el sirviente no me echó, pero tampoco me alentó a que me acercara, por lo que no me atreví a tocarlos, aunque me hubiera gustado palpar la suave piel de algunos. Solo llegué a ver tímidamente los títulos del lomo: estaban en francés, en inglés y había otros en lenguas que no entendía. Creo que pasé horas contemplándolos todos y después mi madre me llamó para que entrara.

Luego debí pasarme la tarde entera pensando en ti, incluso antes de conocerte. Yo apenas poseía una docena de libros baratos encuadernados en cartón desgastado que apreciaba más que nada en este mundo y que leía una y otra vez. Y entonces me desasosegó pensar en cómo tenía que ser la persona que poseía y había leído todos aquellos maravillosos libros, que conocía todas aquellas lenguas y que era tan rico y, al mismo tiempo, tan erudito. Le atribuía una especie de veneración sobrenatural a la idea de todos esos libros. Traté de imaginar tu aspecto: serías un anciano con anteojos y una larga barba blanca, parecido a nuestro profesor de Geografía, solo que más bondadoso, apuesto y agradable. No sé por qué, ya entonces estaba segura de que tenías que ser apuesto, aunque pensara en ti como en un anciano. Ya en ese momento, aquella misma noche, sin tan siquiera conocerte, soñé contigo por primera vez.

Al día siguiente te mudaste, pero, a pesar de haber estado al acecho, no pude verte el rostro, lo que no hizo más que aumentar mi curiosidad. Por fin, el tercer día te vi y me resultó mayúscula la sorpresa de que fueras tan diferente, sin nada que ver con la imagen infantil que me había hecho de ti como un Dios Padre. En mis sueños eras un anciano amable con anteojos y ahí llegaste tú. Tú, tan parecido a como eres ahora; ¡tú, inmutable, por el que los años pasan con despreocupación! Llevabas un adorable traje deportivo marrón claro y subiste las escaleras con esa manera tuya incomparablemente ligera, como la de un muchacho, siempre saltando dos escalones de una sola vez. Traías el sombrero en la mano, por lo que pude contemplar con un asombro indescriptible tu rostro vivaz e iluminado y tu cabello de corte juvenil: de verdad que me asusté por el asombro que me produjo lo joven, apuesto, ágil, esbelto y elegante que eras. Y no es raro, pues en aquellos primeros segundos percibí con claridad lo que todos los demás y yo notábamos con cierta sorpresa una y otra vez y que resultaba tan singular en ti: que, de alguna manera, eres alguien con una personalidad doble. Por un lado, un joven cálido y despreocupado, entregado a la aventura y al juego y, al mismo tiempo, en tu arte, eres un hombre instruido y muy versado, cumplidor e implacablemente serio. Mi instinto me hizo percibir lo que todo el mundo notaba más adelante: que llevabas una doble vida, una vida con una cara luminosa y abierta hacia el mundo y una muy oscura que solo tú conoces. Esa profunda dualidad, el misterio de tu existencia, la sentí yo, la muchacha de trece años mágicamente atraída por ti en cuanto te vio por primera vez.

¿Entiendes ahora, amado mío, qué milagro, qué tentadora incógnita representabas para mí, aquella niña? ¡Descubrir que una persona que era admirada con profunda veneración porque escribía libros, porque era célebre en aquel otro gran mundo, en realidad se trataba de un hombre de veinticinco años, joven, elegante, que irradiaba alegría juvenil! Debo confesarte que, a partir de aquel día, en nuestra casa, en mi menesteroso universo infantil, no me interesaba nada más que tú, que, para mí, todo giraba solo en torno a tu vida y a tu existencia con toda la terquedad y la perseverancia machacona de una muchacha de trece años. Te observaba, observaba tus costumbres, observaba a la gente que venía a verte y todo ello no hacía más que aumentar, en lugar de disminuir, mi curiosidad por tu persona, pues esa dualidad de tu existencia se manifestaba en la diversidad de aquellas visitas. Acudía gente joven, tus compañeros con los que te reías y derrochabas jovialidad, estudiantes andrajosos; y luego venían damas que llegaban en automóvil; una vez se pasó el director de la ópera, el gran director de orquesta, al que yo solo había visto asombrada de lejos subido a su tarima; y de nuevo chicas jóvenes que aún iban a la escuela comercial y que revoloteaban avergonzadas por la puerta, y, en general, muchas, muchísimas mujeres. Yo no le atribuía ninguna importancia especial, tampoco cuando, una mañana, al marcharme al colegio, vi salir de tu casa a una dama totalmente oculta tras un velo. Yo apenas tenía trece años y, en mi mente infantil, aún no sabía que la curiosidad apasionada con la que te espiaba y te acechaba ya era amor.

Pero sí sé, amado mío, el día y la hora en que me enamoré perdidamente de ti para siempre. Había ido a dar un paseo con una compañera del colegio y estábamos charlando delante del portal. Entonces apareció un automóvil, se detuvo y tú saliste de él, con tus maneras elásticas e impacientes que todavía hoy siguen seduciéndome, saltaste del estribo y te dirigiste hacia el portal. Automáticamente, me apresté a abrirte la puerta y eso me puso en tu camino, lo que nos dejó casi frente a frente. Me contemplaste con una mirada tan cálida, tierna y envolvente que emanaba afecto, me sonreíste, sí, no puedo decir otra cosa, me sonreíste tierno y me dijiste con una voz casi íntima en tono bajo:

—Muchísimas gracias, señorita.

Eso fue todo, amado mío, pero, a partir de aquellos segundos, desde que fui objeto de aquella mirada tierna y amorosa, sucumbí a ti. Claro que, después, pronto aprendí que dedicabas esa mirada envolvente, que atraía hacia ti, esa mirada protectora que al mismo tiempo te desnudaba, esa mirada de seductor nato, a todas las mujeres con las que te topabas, cada dependienta que te vendía algo, cada doncella que te abría la puerta, que esa mirada tuya no era en absoluto consciente por voluntad e inclinación, sino que tu afecto por las mujeres era inconsciente y hacía que tu mirada fuera dulce y cálida cuando se dirigía hacia ellas. Pero yo, la muchacha de trece años, no lo sospechaba: era como si me hubiera sumergido en puro fuego. Creí que aquella ternura era solo para mí, para mí sola, y durante aquellos segundos la mujer que había en mí, la adolescente, despertó y sucumbió por ti para siempre.

—¿Quién era ese? —preguntó mi amiga.

No logré contestarle de inmediato. Me resultaba imposible decir en alto tu nombre: ya en aquel segundo, en aquel momento único, se me hacía sagrado, se había convertido en mi secreto.

—Pues un señor que vive en este edificio —logré tartamudear con torpeza.

—Y, entonces, ¿por qué te has puesto tan colorada cuando te ha mirado? —se burló mi amiga con toda la malicia de una niña curiosa.

Y precisamente al sentir que se mofaba de mi secreto, se me agolpó la sangre aún más caliente en las mejillas. Me puse grosera por el bochorno.

—¡Maldita estúpida! —le dije impetuosamente. Me hubiera gustado estrangularla.

Sin embargo, ella se rio aún más fuerte y con más desprecio hasta que sentí que me brotaban las lágrimas de los ojos por la impotencia y la ira. La dejé allí plantada y corrí hacia el interior del edificio.

Desde aquel instante te amé. Ya sé que las mujeres, que te consentían, te han dicho a menudo esas palabras. Pero créeme, nadie te ha amado de una manera más servil, más sumisa, más abnegada que el ser que yo era y que he sido siempre, pues no hay nada similar en la tierra al amor inadvertido de una niña sumida en la oscuridad, porque no alberga esperanzas; es tan rendido, sumiso, vigilante y vehemente como jamás podría serlo el amor concupiscente e inconscientemente impositivo de una mujer adulta. Solo los niños solitarios son capaces de concentrar toda su pasión: los demás despilfarran su sentimiento convirtiéndolo en sociabilidad, lo rebajan a tomarse libertades, han oído y leído mucho sobre el amor y saben que es una suerte compartida. Juegan con ello, como con un juguete, se jactan de él, como un muchacho fumándose su primer cigarrillo. Pero yo no tenía a nadie con quien desahogarme, nadie me instruía ni me advertía, era inexperta e ignorante y me precipité hacia mi destino como si me lanzara por un precipicio. Todo lo que crecía y se ponía en marcha en mi interior te tenía como confidente solo a ti, o al sueño de ti: hacía mucho tiempo que mi padre había fallecido y mi madre me resultaba ajena en su abatimiento eternamente sombrío y en su angustia de pensionista. Las colegialas medio díscolas me rechazaban porque se tomaban a la ligera lo que para mí representaba la pasión última, así que volcaba todo lo que normalmente se fragmenta y se reparte, volcaba todo mi ser reconcentrado y cada vez más impaciente en ti. Eras... —¿cómo decírtelo? Cualquier comparación se queda corta—, eras simple y llanamente todo, mi vida entera. Todo existía solo si tenía que ver contigo, todo en mi existencia cobraba sentido solo si estaba vinculado a ti. Tú transformaste toda mi vida. Hasta entonces, era insignificante y mediocre en la escuela y, de repente, me convertí en la primera de la clase, leía miles de libros hasta bien entrada la noche porque sabía que tú adorabas los libros; de repente, para sorpresa de mi madre, empecé a ensayar al piano con una constancia casi obstinada, porque creía que tú adorabas la música. Limpiaba y remendaba mis vestidos para mostrarme agradable y aseada ante ti, y me resultaba espantoso que mi viejo uniforme escolar (que era una bata de mi madre arreglada para mí) tuviera una mancha cuadrangular a la izquierda. Temía que pudieras fijarte en ella y despreciarme; por eso, siempre apretaba la cartera de la escuela contra ella cuando subía las escaleras, temblando de miedo, por si la veías. Pero ¡qué estupidez! Ya nunca o casi nunca volviste a fijarte en mí.

Y, aun así, en el fondo, no hacía otra cosa durante todo el día que aguardarte y acecharte. En nuestra puerta había una pequeña mirilla circular de latón a través de la cual se veía tu puerta. Esa mirilla —no, no te rías, amado mío, ¡ni siquiera hoy, ni siquiera hoy me avergüenzo de aquellas horas!— era mi ojo al mundo exterior. Allí, en el recibidor gélido, cautelosa de los recelos de mi madre, me senté durante meses y años, con un libro en la mano, durante toda la tarde, al acecho, tensa como una cuerda que tintineaba cuando tu presencia la rozaba. Rondaba siempre en torno a ti, siempre en tensión y en movimiento; pero tú lo notabas tan poco como el muelle de la manecilla del reloj que llevas en el bolsillo y que da y mide paciente tus horas en la oscuridad, que te acompaña en tu camino con latidos inaudibles y que miras apresurado solo una vez cada millones de tictacs. Lo sabía todo sobre ti, conocía cada una de tus costumbres, cada una de tus corbatas, cada uno de tus atuendos, pronto distinguía y diferenciaba a cada uno de tus conocidos y los dividía entre los que me eran queridos y los que me resultaban desagradables: desde mis trece hasta mis dieciséis años, viví cada una de mis horas a través de ti. ¡Ay, qué de tonterías cometí! Besaba el pomo de la puerta que tu mano había rozado, robé la colilla de un cigarro que habías tirado antes de entrar en el edificio y para mí era sagrada, porque había rozado tus labios. Cientos de veces bajé con cualquier excusa por la noche al callejón para mirar en cuál de tus habitaciones ardía la luz para sentir con más seguridad tu presencia, tu yo invisible. Y las semanas en las que estabas de viaje —siempre se me paraba el corazón de miedo cuando veía al bueno de Johann sacar tu bolsa de viaje amarilla—, durante esas semanas mi vida estaba muerta y carecía de sentido. Deambulaba malhumorada, gruñona y enojada y solo hacía por cuidarme de que mi madre no se percatara de la desesperación que se reflejaba en mis ojos llorosos.

Ya sé que todo esto que te cuento aquí son exageraciones grotescas, bobadas infantiles. Debería avergonzarme de ello, pero no me avergüenzo, porque mi amor por ti nunca fue más puro y apasionado que con aquellos excesos infantiles. Podría contarte durante horas, durante días cómo vivía entonces contigo, yo, a quien tú apenas conocías de vista porque me cruzaba contigo en la escalera y prácticamente no había sitio, así que pasaba a tu lado con la cabeza gacha por miedo a tu mirada abrasadora, como alguien que se arroja al agua solo para que el fuego no lo devore. Podría hablarte durante horas, durante días sobre aquellos años que desaparecieron de ti hace largo tiempo, podría desenrollar el calendario completo de tu vida, pero no pretendo aburrirte, no pretendo torturarte. Solo quiero compartir contigo la experiencia más hermosa de mi infancia y te ruego que no te burles, porque es algo insignificante, pero para mí, de niña, supuso todo un mundo. Tuvo que ser algún domingo. Tú estabas de viaje y tu sirviente arrastró las pesadas alfombras que acababa de sacudir a través de la puerta abierta de tu vivienda. Al bueno de Johann le estaba costando mucho esfuerzo y, en un arrebato de atrevimiento, me acerqué a él y le pregunté si no quería que le ayudara. Se quedó sorprendido, pero me lo permitió y así vi —¡solo puedo decirte con qué respetuosa reverencia, por no decir devoción!— tu hogar desde dentro, tu mundo, tu escritorio en el que te sentabas y sobre el que había unas cuantas flores en un jarrón azul de cristal, tus armarios, tus cuadros, tus libros. Apenas fue un vistazo fugaz y furtivo a tu vida, pues el fiel Johann a buen seguro me habría impedido que lo contemplara todo con más detalle, pero, gracias a aquel vistazo, me empapé de toda la atmósfera y obtuve alimento para mis interminables ensoñaciones sobre ti tanto en la vigilia como en sueños.

Aquello, aquel apresurado instante, fue el más feliz de mi infancia. Te lo quería contar para que tú, que no me conoces, por fin empieces a vislumbrar en qué medida había una vida que dependía de ti y transcurría por ti. Te quería contar también otro instante, la hora más terrible que por desgracia se avecinaba. Por ti, ya te lo he dicho, me había olvidado de todo, no le había prestado atención a mi madre y no me preocupaba por nadie. No me percaté de que un caballero mayor, un comerciante de Innsbruck, un pariente lejano de mi madre, venía cada vez con más frecuencia y se quedaba cada vez más rato, sí, y a mí me resultaba muy cómodo, pues llevaba a mamá al teatro y yo podía quedarme sola para pensar en ti, para acecharte, lo que constituía mi máxima y única felicidad. Un buen día, mi madre me llamó a su habitación con cierta incomodidad; quería hablar conmigo seriamente. Empalidecí y, de repente, oí mi corazón palpitando: ¿habría sospechado algo, habría adivinado algo? Lo primero que hice fue pensar en ti, el misterio que me unía al mundo. Pero mi madre era la que estaba azorada, me besó (algo que casi nunca hacía) con ternura una vez y dos veces, me hizo sentarme en el sofá junto a ella y empezó a contarme, vacilante y avergonzada, que su pariente, que era viudo, le había hecho una proposición de matrimonio y que ella había decidido, sobre todo por mi bien, aceptarla. La sangre me subió ardiente al corazón: un solo pensamiento nació en mi interior, solo podía pensar en ti.

—Pero nos quedamos aquí, ¿no? —fue lo único que logré balbucear.

—No, nos mudamos a Innsbruck, allí Ferdinand posee una hermosa mansión.

Ya no conseguí oír más. Solo vi negro ante mis ojos. Más tarde supe que había sufrido un desvanecimiento; al parecer, según escuchaba a mi madre contárselo en voz baja a mi padrastro, que se había quedado aguardando tras la puerta, me había ido para atrás de repente con las manos extendidas y luego había caído como una bola de plomo. No puedo describirte lo que aconteció durante los siguientes días, cómo yo, una niña que no podía hacer nada, me defendí contra sus voluntades todopoderosas: aún ahora me tiembla la mano al pensar en ello mientras escribo. No podía revelar mi verdadero secreto, por lo que mi resistencia parecía mera obstinación, maldad y rebeldía. Nadie volvió a hablar conmigo, todo aconteció a mis espaldas. Empleaban las horas en las que yo me encontraba en la escuela para llevar adelante la mudanza: cada vez que volvía a casa, se había guardado o vendido algún otro mueble. Veía cómo se desmoronaba nuestra casa y, con ella, mi vida. En una ocasión, cuando regresé a mediodía, habían pasado por allí los transportistas y se lo habían llevado todo. En las habitaciones vacías estaban las maletas empaquetadas y dos catres para mi madre y para mí: allí debíamos pasar todavía una noche, la última, y al día siguiente nos marcharíamos a Innsbruck.

Durante aquel último día sentí la repentina determinación de que no podía vivir sin estar cerca de ti. No conocía ninguna salvación que no fueras tú. Cómo lo pensé o si conseguí pensar con verdadera claridad en aquellas horas de desesperación es algo que no podré decir jamás, pero, de repente —mi madre estaba fuera—, allí me planté con mi uniforme escolar, tal como estaba, y fui a tu encuentro. Bueno, no, no fui: me vi magnéticamente empujada hacia delante con piernas rígidas y miembros temblorosos hacia tu puerta. Ya te lo he dicho, no sabía con claridad lo que quería: caer a tus pies y rogarte que me acogieras como sirvienta, como esclava, y temo que sonrías ante aquel fanatismo inocente de una quinceañera, pero... amado mío, dejarías de sonreír si supieras que en ese momento salí al gélido pasillo, entumecida por el miedo y, aun así, impulsada hacia delante por una fuerza incontenible, y que el brazo tembloroso se me desgarró en cierto modo del cuerpo y se elevó y —fue una lucha contra la eternidad de unos terribles segundos— el dedo apretó el botón de tu timbre. Todavía hoy me resuena en los oídos el chillón sonido del tintineo y luego el silencio posterior, en el que se me quedó el corazón en vilo, en el que se me heló toda la sangre y en el que únicamente escuchaba con atención si te aproximabas.

Pero no te aproximaste. Nadie se aproximó. Por lo visto, aquella tarde estabas fuera y Johann había salido a hacer recados; así que regresé a tientas a nuestra casa desvalijada y vacía, con el sonido inánime del timbre retumbando en los oídos, y me eché agotada sobre una manta de cuadros, cansada por los cuatro pasos que acababa de dar, como si hubiera caminado durante horas a través de una espesa capa de nieve. Pero, bajo aquel agotamiento, refulgía aún incandescente el empeño por verte y por hablarte antes de que me lo arrebataran. Te juro que no tenía ningún pensamiento sensual, aún era inexperta, por la sencilla razón de que no pensaba en nada más que en ti: solo quería verte, verte una vez más, aferrarme a ti. Durante toda la noche, durante toda aquella larga y espantosa noche, te esperé, amado mío. Tan pronto como mi madre se fue a la cama y se durmió, me deslicé hacia el recibidor para escucharte llegar. Te esperé durante toda la noche, una glacial noche de enero. Estaba cansada, me dolían las extremidades y ya no había ningún sillón en el que pudiera sentarme, así que me tendí todo lo larga que era en el frío suelo, hasta donde me llegaba la corriente de aire que se colaba por la puerta. Solo cubierta por mi fino camisón, me tendí en el suelo dolorosamente frío sin tan siquiera una manta; no quería entrar en calor por miedo a quedarme dormida y no oír tus pisadas. Sentía dolor, presionaba un pie acalambrado contra el otro, me temblaban los brazos: tenía que levantarme una y otra vez por el frío que hacía en la horrible oscuridad. Pero te esperé, y te esperé y te esperé a ti y a mi destino.

Por fin —debían de ser las dos o las tres de la mañana—, oí que alguien abría con llave la puerta del portal y luego pasos que subían la escalera. Fue como si me abandonara el frío y me inundara el calor. Abrí despacio la puerta para postrarme ante ti y caer a tus pies... Ay, ya no sé lo que habría hecho entonces yo, aquella insensata niña. Los pasos se aproximaron y la luz de una vela titiló. Temblando, agarré el picaporte. ¿Eras tú el que venía?

Sí, eras tú, amado mío, pero no estabas solo. Oí una risa ligera y tintineante, un vestido de seda que pasaba rozando y tu voz en un susurro... Venías a casa acompañado por una mujer...

No sé cómo sobreviví a aquella noche. A la mañana siguiente, a las ocho, me obligaron a marcharme a Innsbruck y ya no me quedaban fuerzas para oponer resistencia.

Mi hijo murió ayer por la noche y ahora volveré a estar sola si es que de verdad debo seguir viviendo. Mañana vendrán unos hombres de negro toscos y extraños, traerán un ataúd y meterán dentro a mi pobre hijo, mi único hijo. Tal vez también vengan amigos y traigan coronas funerarias, pero ¿qué son las flores en un ataúd? Me consolarán y me dirán palabras, palabras y más palabras; pero ¿de qué me servirán? Ya sé que después, aun así, volveré a estar sola. Y no hay nada más espantoso que la soledad estando rodeada de gente. Fue entonces cuando lo comprendí, a lo largo de aquellos dos interminables años en Innsbruck, aquel periodo entre mis dieciséis y mis dieciocho años en el que viví como una prisionera, una desterrada rodeada por mi familia. Mi padrastro, un hombre tranquilo y lacónico, era bueno conmigo; mi madre parecía satisfacer todos mis deseos, como si estuviera expiando una injusticia inconsciente; los jóvenes hacían esfuerzos por mí, pero yo los rechazaba a todos con una obstinación apasionada. No quería ser feliz, no quería vivir contenta lejos de ti, me atrincheré en un mundo sombrío de soledad y tormento autoimpuesto. No usaba los coloridos vestidos nuevos que me compraban, me negaba a asistir a conciertos o al teatro o a participar en excursiones con alegres acompañantes. Apenas pisaba la calle: ¿querrás creer, amado mío, que de esa pequeña ciudad en la que residí durante dos años no conozco ni diez calles? Hacía luto y quería hacerlo, me embriagaba con cada privación que me infligía, aparte de la de no poder verte. Y, además, no quería distraerme de mi pasión de vivir únicamente por ti.

Me sentaba sola en casa durante horas, durante días, y no hacía nada más que pensar en ti, una y otra vez, una y otra vez reavivaba cientos de pequeños recuerdos tuyos, cada encuentro, cada espera. Recreaba esos pequeños episodios como obras de teatro. Y fue por eso, porque me repetí cada uno de los segundos del pasado innumerables veces, por lo que conservo toda mi infancia con un recuerdo tan imborrable, por lo que siento cada minuto de aquellos años pasados de un modo tan ardiente y tan a flor de piel como si hubiera transcurrido ayer y aún circulara por mis venas.

En aquella época, vivía solo por ti. Me compraba todos tus libros y, cuando tu nombre aparecía en el periódico, era un día de fiesta. ¿Te puedes creer que, de tantas veces como los leí, me aprendí de memoria cada línea de tus libros? Si alguien me despertara en mitad de la noche y me recitara alguna línea suelta tuya, aún hoy podría, después de trece años, continuarla como en un sueño: cada una de tus palabras era hasta ese punto un evangelio y una oración para mí. El mundo entero existía solo en relación contigo: leía en los periódicos vieneses los conciertos y los estrenos solo con el pensamiento en mente de cuáles podrían interesarte y, cuando era de noche, te acompañaba de lejos: ahora entra en la sala, ahora toma asiento. Mil veces lo soñé, porque te había visto una única vez en un concierto.

Pero ¿para qué te cuento todo esto, este fanatismo vertiginoso, furioso contra sí mismo, tan desesperado y trágico, de una niña abandonada? ¿Para qué contárselo a alguien que jamás lo sospechó, que jamás lo supo? Pero ¿seguía siendo yo de verdad todavía una niña en esa época? Tenía diecisiete años, camino de los dieciocho: los jóvenes en la calle empezaban a volver la cabeza cuando pasaba, pero a mí no hacían sino irritarme. Solo pensar en el amor o el coqueteo con alguien que no fueras tú me resultaba tan incomprensible, tan extrañamente impensable, que la mera tentación se me antojaba un delito. Mi pasión por ti siguió siendo la misma, solo que se convirtió en algo distinto en mi cuerpo, con todos los sentidos despiertos, más candente, físico y femenino. Y lo que, con su voluntad imprecisa y obstinada, esa niña que en su momento tocó al timbre de tu puerta no era capaz de reconocer, se convirtió entonces en mi único pensamiento: ofrecerme a ti, entregarme a ti.

Las personas que me rodeaban pensaban que era reservada, me tachaban de tímida (había ocultado mi secreto celosamente apretando con fuerza los dientes). Sin embargo, creció en mí una voluntad de hierro. Todos mis pensamientos y anhelos tendían hacia una dirección: de vuelta a Viena, de vuelta a ti. Y forcé mi voluntad, por muy insensata, por muy incomprensible que les resultase a los demás. Mi padrastro era rico, me trataba como si yo fuera su única hija. Pero yo insistí con una terquedad enconada en que quería ganar mi propio dinero y al final conseguí volver a Viena como empleada de unos parientes en un gran comercio de corte y confección.

¿Me hace falta decirte dónde fui según llegué a Viena una neblinosa tarde otoñal? ¡Por fin, por fin! Dejé la maleta en la estación, me precipité a montarme en el tranvía —qué lento se me hizo el viaje, cada parada hacía que mi irritación se acrecentara— y corrí hasta la casa. Tus ventanas estaban iluminadas y me latió con fuerza el corazón. Solo entonces cobró vida la ciudad que hasta ese momento había zumbado a mi alrededor tan ajena, tan inane, solo entonces reviví, pues te vislumbraba cerca, a ti, mi sueño eterno. No es que te vislumbrara, pues, en realidad, estaba igual de apartada de tu conciencia cuando nos separaban valles, montes y ríos que en ese mismo momento, en el que los delgados paneles de cristal iluminados de tus ventanas eran lo único que se interponía entre tú y mi mirada resplandeciente. No hacía más que dirigir la vista hacia arriba una y otra vez: estaba la luz, estaba la casa, estabas tú, estaba mi mundo. Dos años había soñado con que llegara esa hora y entonces se había hecho realidad. Me quedé de pie durante toda aquella larga tarde suave y encapotada ante tus ventanas, hasta que se apagó la luz. Luego me fui a buscar mi casa.

A partir de entonces, cada tarde, me apostaba delante del edificio. Mi turno en la tienda se prolongaba hasta las seis, un trabajo duro y agotador, pero me gustaba, pues el ajetreo me permitía no sentir tan dolorosa mi intranquilidad. Y, según se bajaban las persianas metálicas a mis espaldas, corría a mi adorado destino. Verte tan solo una vez, encontrarme contigo tan solo una vez, esa era mi única intención, poder distinguir de lejos tu rostro tan solo una vez. Cerca de una semana después, por fin me encontré contigo y, por cierto, fue en un instante en el que no me lo esperaba: mientras observaba tus ventanas desde abajo, tú te acercaste atravesando la calle. Y, de repente, volví a convertirme en una niña de trece años; sentí que la sangre me teñía las mejillas; sin querer, en contra de mi impulso interior que anhelaba sentir tus ojos, bajé la cabeza y me fui corriendo lejos de ti a la velocidad del rayo, como si tuviera prisa. Más tarde, me avergoncé de aquella tímida huida propia de una colegiala, pues mi intención en ese momento era, sin embargo, clara: quería encontrarme contigo, te buscaba, quería que me conocieras tras todos aquellos años de anhelo atrofiado, quería que me prestaras atención, quería que me amaras.

Pero no reparaste en mí durante mucho tiempo, aunque me apostaba de pie en tu calle cada tarde, incluso bajo la ventisca y el filoso y cortante viento vienés. A menudo esperaba durante horas inútilmente, a menudo acababas por marcharte de casa en compañía de conocidos, dos veces te vi también con mujeres, y fue entonces cuando descubrí mi adultez, descubrí algo nuevo, un sentimiento distinto por ti en un repentino encogimiento del corazón que me desgarró el alma por la mitad cuando veía a una mujer desconocida pasar contigo, tan segura, agarrada de tu brazo. No me sorprendí, pues ya conocía a tus sempiternas visitantes de mis días de la infancia, pero entonces me provocó un dolor casi físico, algo se tensó en mi interior y, al mismo tiempo, sentí hostilidad y un deseo compartido por aquella muestra de familiaridad pública y carnal con alguna otra. Un día me mantuve apartada de tu casa, con el orgullo infantil que albergaba entonces y que tal vez aún hoy albergo: pero ¡qué insoportable fue aquella vacua tarde de obstinación e insurrección! A la tarde siguiente volví a apostarme sumisa ante tu casa esperando, esperando ante tu vida cerrada, como siempre he estado a lo largo de todo mi destino.

Y, por fin, una tarde reparaste en mí. Ya te había visto aproximarte de lejos y reuní toda mi voluntad para no evitarte. La casualidad quiso que la calle se estrechara por un vehículo en carga y descarga y te vieras obligado a pasar junto a mí. Tu mirada distraída me rozó sin querer para convertirse de inmediato, apenas se encontró con la atención de la mía —¡cómo me asustó el recuerdo que encerraba!—, en esa mirada tuya destinada a las mujeres, esa mirada tierna, envolvente y penetrante al mismo tiempo, esa mirada que te rodeaba y te cautivaba y que despertó en mí, de niña, por primera vez, a la mujer, a la amante. Durante uno o dos segundos clavaste esa mirada en la mía, que no pudo ni quiso despegarse, y luego pasaste de largo junto a mí. Me latió el corazón: sin querer, me vi impelida a ralentizar el paso y, cuando me volví sin poder contener la curiosidad, vi que te habías quedado parado y me estabas contemplando. Y por la manera en que me observabas, interesado y curioso, lo supe de inmediato: no me habías reconocido.

No me reconociste, ni entonces ni nunca, nunca me has reconocido. Cómo podría describirte, amado mío, la decepción de aquel instante. Entonces fue la primera vez que padecí el sino de que no me reconocieras, que ha pesado sobre mí una vida entera y con el que muero; desconocida, siempre una desconocida para ti. ¡Cómo podría describirte esa decepción! Verás, a lo largo de esos dos años en Innsbruck, en los que pensaba cada segundo en ti, no hacía nada más que soñar con nuestro primer reencuentro en Viena. Entonces agoté las más impetuosas posibilidades junto con las más bienaventuradas, según mi estado de ánimo. Por así decirlo, lo había soñado todo al milímetro: me había imaginado hasta los momentos más aciagos en los que tú me rechazarías, me despreciarías porque yo era demasiado insignificante, demasiado fea, demasiado invasiva. Toda clase de rencor, frialdad o indiferencia tuyos, todos los había recorrido en apasionadas imaginaciones, pero aquello, justo aquello, no me había atrevido a planteármelo ni en el más oscuro pensamiento, ni en la conciencia más extrema de mi inferioridad, aquello era lo más horrible: que tú no te hubieras percatado en absoluto de mi existencia. Ahora ya lo entiendo —ay, ¡tú me has enseñado a entenderlo!—, que el rostro de una muchacha, de una mujer, es algo extraordinariamente cambiante para un hombre, porque tan solo es un espejo, a veces es una pasión, a veces una niñería, a veces un agotamiento y fluye como la imagen en un espejo, por eso un hombre puede olvidar más fácilmente el rostro de una mujer, porque la edad lo atraviesa con sombras y luces, porque la ropa lo enmarca de forma diferente de una vez a otra. Las resignadas son las únicas que de verdad lo entienden. Pero yo, la muchacha de entonces, aún no podía comprender tu olvido, pues, de algún modo, mi obsesión desmesurada e incesante por ti me hacía delirar, creyendo que también tú debías pensar con frecuencia en mí

43

y que estarías esperándome. ¡Cómo podría siquiera haber seguido respirando con la certeza de que yo no era nada para ti, de que jamás habías albergado ni un leve pensamiento en mí! Y aquel despertar a tu mirada me demostraba que nada en mí reconocías, ni el más tenue recuerdo de tu vida alcanzaba la mía. Ese fue un primer descenso a la realidad, un primer atisbo de mi destino.

No me reconociste entonces. Y dos días más tarde, me envolvió tu mirada con una cierta familiaridad tras un nuevo encuentro, pues me reconociste otra vez, no como aquella que te amaba y a la que habías despertado, sino simple y llanamente como la hermosa muchacha de dieciocho años con la que te habías cruzado dos días antes en el mismo lugar. Me observaste gratamente sorprendido y una ligera sonrisa se te asomó en los labios. Volviste a pasar junto a mí y volviste a ralentizar el paso de inmediato: temblé, me alborocé, recé por que me dirigieras la palabra. Sentí, por primera vez, que estaba viva para ti: también yo ralenticé el paso, no te esquivé. Y, de repente, te noté detrás de mí, sin necesidad de darme la vuelta supe que escucharía por primera vez tu amada voz hablándome. Qué paralizante me resultó la anticipación, temía que al final me viera obligada a detenerme de lo fuerte que me latía el corazón, pero entonces tú te pusiste a mi lado. Me hablaste con tu tono jovial y ligero, como si fuésemos amigos desde hace mucho tiempo. ¡Ay, ni te imaginabas quién era! ¡Nunca has sabido nada de mi vida! Me hablaste en un tono tan encantador y despreocupado que incluso fui capaz de contestarte. Recorrimos juntos toda la calle. Después me preguntaste si quería que fuéramos a cenar juntos. Te dije que sí. ¿Cómo habría podido negarte nada?

Comimos en un pequeño restaurante, ¿sabes dónde fue? Ay, no, lo más probable es que no distingas aquella de otras noches similares, pues ¿quién era yo? Una entre cientos de mujeres, solo una aventura en una cadena de infinitos eslabones. ¿Qué podía hacer que me recordaras? Hablé muy poco porque me sentía inmensamente feliz por tenerte cerca, por escucharte hablar conmigo. No quería echar a perder ni un instante por una pregunta, por una palabra estúpida. Jamás olvidaré, agradecida, cómo colmaste mi veneración apasionada; la ternura, la ligereza y el tacto que tuviste, todo ello sin impertinencia, todo ello sin cariños ni toqueteos apresurados y, desde el primer momento, con una complicidad tan amigable y segura que me habrías ganado de no ser porque hacía mucho tiempo que toda mi voluntad y mi ser ya eran tuyos. Ay, ¡no sabes lo importantísimo que fue que lograras no defraudarme tras cinco años de espera infantil! Se hizo tarde y nos marchamos. En la puerta del restaurante me preguntaste si tenía prisa o si aún disponía de tiempo. ¿Cómo podría haberte ocultado que estaba lista para ti? Te dije que aún tenía tiempo. Entonces, me preguntaste, superando rápidamente una ligera vacilación, si me apetecía ir contigo un rato a tu casa para charlar.

—Con mucho gusto —te contesté, dejando entrever con naturalidad mis sentimientos, y me percaté de inmediato de que la premura de mi respuesta en cierto modo te había abochornado o complacido, pero, en cualquier caso, era evidente que te había sorprendido.

Hoy entiendo bien aquel asombro tuyo, pues sé que es habitual que las mujeres, incluso cuando sienten el impulso abrasador de entregarse, renieguen de su disponibilidad y finjan espanto o indignación, que debe apaciguarse primero con súplicas insistentes, con embustes, juramentos y promesas. Sé que tal vez solo las profesionales del amor, las meretrices, responden de tan buen grado a una invitación como esa, o las muchachas adolescentes e ingenuas. En mi caso, sin embargo, solo era —tal como puedes comprobar— deseo convertido en palabra, anhelo reprimido durante miles de días, uno detrás de otro. En cualquier caso, te chocó y empecé a interesarte. Noté que, mientras avanzábamos, me mirabas de soslayo algo desconcertado durante la conversación. Tu percepción, esa percepción tan mágicamente segura en todo lo humano, presintió de inmediato algo insólito, algo secreto en aquella hermosa muchacha tan disponible. Te había despertado la curiosidad y me percaté por el tipo de preguntas indirectas e inquisitivas que me hacías, buscando a tientas el misterio. Pero yo te esquivé: prefería que pareciera que tenía pocas luces a desvelarte mi secreto.

Subimos a tu casa. Perdóname, amado mío, si te digo que no puedes comprender lo que representaban ese pasillo, esa escalera para mí, qué vértigo, qué desconcierto, qué felicidad intensa, angustiosa, casi fatídica. Ahora apenas puedo pensar en ello sin verter lágrimas, y ya no me quedan más. Pero intenta imaginarlo, pues cada objeto que allí había estaba, en cierto modo, atravesado por mi pasión, cada uno era un símbolo de mi infancia, de mi deseo: el portal, delante del cual te había esperado miles de veces; la escalera, ante la que siempre escuchaba tus pasos con atención y donde te vi por primera vez; la mirilla, desde donde te acechaba con toda mi alma; el felpudo de tu puerta, sobre el que caí de rodillas en una ocasión; el chasquido de la cerradura, con el que siempre saltaba para ponerme al acecho. Toda mi infancia y toda mi pasión anidaban en aquel espacio de unos pocos metros, allí estaba toda mi vida, que en ese momento arreciaba sobre mí como una tormenta, en el instante en que todo se estaba haciendo realidad y que iba contigo, yo, contigo, a tu casa, a nuestra casa. Piensa —ya sé que suena banal, pero no sé cómo expresarlo de otra manera— que, de tu puerta afuera, había transcurrido toda una realidad, toda una vida compuesta por una sucesión de días difusos y, justo allí, era donde empezaba el mundo mágico de la infancia, el reino de Aladino. Piensa que había contemplado fijamente con ojos encendidos mil veces aquella puerta que ahora atravesaba tambaleante e intuirás —pero solo lo intuirás, ¡jamás lo percibirás por completo, amado mío!— lo que esos vertiginosos minutos albergaban de mi vida.

Entonces me quedé toda la noche contigo. No te diste cuenta de que nunca antes me había acariciado otro hombre, de que ningún otro había sentido o visto mi cuerpo. Pero cómo podías saberlo, amado mío, si no ofrecí ninguna resistencia y reprimí cualquier atisbo de vergüenza, solo para que no pudieras adivinar el secreto de mi amor por ti, que seguramente te habría espantado, a ti que solo te gusta lo ligero, lo frívolo, lo liviano, tú, que temes interferir en el destino. Tú, que aspiras a despilfarrarte, a darte a todos, al mundo, y que no quieres víctimas. Si te digo ahora esto, amado mío, que te entregué mi virginidad, ¡te imploro que no me malinterpretes! No te culpo, tú no me sedujiste, no me mentiste, no me engañaste: yo y solo yo te insté a ello, me eché en tus brazos, me abalancé a mi destino. Nunca jamás te culparé, no, sino que siempre te agradeceré lo suntuosa, lo llameante de deseo, lo rebosante de felicidad que fue para mí aquella noche. Cuando abrí los ojos en la oscuridad y te sentí a mi lado, me extrañé de que no hubieran salido las estrellas sobre mí, pues me sentía igual que si estuviera en el cielo. No, jamás me he arrepentido, amado mío, de haber pasado contigo ese tiempo. Aún recuerdo que, mientras tú dormías y yo escuchaba tu respiración y sentía tu cuerpo tan cerca del mío, lloré de alegría en la oscuridad.

Por la mañana, me marché muy temprano. Tenía que ir a la tienda y también deseaba irme por si venía tu sirviente: él no debía verme. Cuando me encontraba de pie vestida ante ti, me tomaste del brazo y me contemplaste durante largo rato. ¿Fue un recuerdo, oscuro y lejano que se agitó en ti, o solo fue que te parecí hermosa y feliz como estaba? Luego me besaste en la boca. Me liberé suavemente de tu abrazo y quise marcharme. Entonces me preguntaste:

—¿No quieres llevarte unas flores?

Te dije que sí. Cogiste cuatro rosas blancas del

jarrón de cristal azul sobre el escritorio (ay, ¡lo recordaba de aquel único vistazo furtivo de mi infancia!) y me las diste. Estuve besándolas durante días.

Habíamos quedado en vernos otra noche. Regresé y volvió a ser maravilloso. Y todavía me regalaste una tercera. Luego me dijiste que tenías que marcharte de viaje —¡ah!, ¡cómo odiaba aquellos viajes durante mi infancia!— y me prometiste que me avisarías en cuanto volvieras. Te di la dirección de un apartado de correos, mi nombre no quise decírtelo. Quería proteger mi secreto. De nuevo, volviste a darme unas rosas como despedida... para despedirte de mí.

Todos los días durante los dos meses siguientes me pregunté... pero no, ¿para qué contarte aquella tortura de espera, de desesperación? No te culpo de nada, te amo como eres, cálido y desmemoriado, entregado e infiel, te amo así y solo así, como siempre has sido y como sigues siendo ahora. Hacía tiempo que habías vuelto, lo vi en tus ventanas iluminadas, y no me escribiste. En mis últimas horas, no tengo ninguna línea escrita por ti, aquel a quien he entregado mi vida. Aguardé y aguardé como una desesperada. Pero no me llamaste, no me escribiste ni una sola línea... ni una sola línea...

Mi hijo murió ayer; también era tuyo. También era tu hijo, amado mío, el niño concebido en una de aquellas tres noches, te lo juro, y no se miente a la sombra de la muerte. Era nuestro hijo, te lo juro, pues ningún hombre me había tocado hasta aquellas horas en las que me entregué a ti, hasta que este niño se abrió paso para salir de mi cuerpo. Me sentía bendecida por que hubiera estado en contacto con el tuyo: ¿cómo podría haberlo compartido contigo, que lo eras todo para mí, y con algún otro hombre que solo pasara rozando mi vida en silencio? Era nuestro hijo, amado mío, el hijo de mi amor consciente y tu ternura despreocupada, despilfarradora, casi inconsciente, nuestro hijo, nuestro niño, nuestro único hijo. Pero ahora te preguntas —tal vez horrorizado, tal vez meramente sorprendido—, ahora te preguntas, amado mío, por qué te lo he ocultado todos estos largos años y solo hoy te hablo de él, ahora que está aquí, durmiendo en la oscuridad, durmiendo para siempre, que está tendido, preparado para marcharse y no regresar nunca más, ¡nunca más! Sin embargo, ¿cómo podría habértelo dicho? Jamás me habrías creído, jamás habrías creído a aquella extraña demasiado solícita durante tres noches en las que se había abierto a ti sin resistencia, sí, deseosa; jamás habrías creído a aquella mujer sin nombre con la que tuviste un encuentro pasajero si te hubiera dicho que te era fiel, a ti, el infiel. ¡Jamás habrías reconocido como tuyo a ese niño sin sospechas! Incluso si mis palabras te hubieran parecido verosímiles, jamás habrías podido quitarte la sospecha furtiva de que estaba intentando endosarte un niño ajeno a ti, que eres un hombre rico. Habrías desconfiado de mí, la sombra se habría instalado, una sombra volátil y esquiva de sospecha entre tú y yo. Y yo no quería eso. Además, te conozco, te conozco casi mejor que tú mismo y sé que hubiera sido humillante para ti, que te gusta lo despreocupado, lo liviano, lo frívolo, de repente ser padre, de repente ser responsable del destino de alguien. Te habrías sentido de algún modo vinculado a mí, tú, que solo puedes respirar en libertad. Me habrías odiado —sí, lo sé, sé que me habrías odiado contra tu propia voluntad consciente— por ese vínculo. Tal vez solo durante unas horas, tal vez solo durante unos minutos efímeros, te habría resultado molesta, te habría resultado odiosa, pero yo, en mi orgullo, quería que pensaras en mí sin preocupación durante toda la vida. Prefería cargar con todo sobre mis espaldas antes que convertirme en una carga para ti y tan solo ser, entre todas tus mujeres, en la que siempre pensaras con amor y con agradecimiento. Eso sí, sin embargo, no has pensado jamás en mí, me has olvidado.

No te culpo, amado mío, no, no te culpo. Perdóname si, de vez en cuando, alguna gota de amargura mana desde esta pluma, perdóname. Mi hijo, nuestro hijo, yace muerto a la luz titilante de las velas; he levantado los puños al cielo y he llamado asesino a Dios; mis sentidos están turbios y confusos. Perdóname las quejas, ¡perdóname! Ya sé que eres bueno y servicial con todo tu corazón, que ayudas a todos aquellos, incluso a extraños, que te lo solicitan. Pero tu bondad es tan particular que está abierta para que cualquiera pueda tomar tanto como le quepa en las manos, tu bondad es grande, infinitamente grande, pero es —perdóname— indolente. Quiere que la reclamen, que la tomen. Ayudas cuando te llaman, te ruegan, ayudas por vergüenza, por debilidad y no por alegría. Digámoslo abiertamente: prefieres al prójimo al que le sonríe la suerte que a las personas necesitadas y que sufren tormento. Y a quienes son como tú, que comparten la bondad entre ellas, es más difícil solicitarles nada. En una ocasión, cuando todavía era niña, atisbé a través de la mirilla tu puerta y te vi darle algo a un mendigo que había llamado a tu timbre. Se lo diste con premura y en mucha cantidad, incluso antes de que él te lo pidiera, pero se lo entregaste con cierto miedo y apuro, para que se marchara lo más pronto posible, era como si temieras mirarlo a los ojos. No he olvidado jamás esta manera de ayudar tuya tan agitada, esquiva, evasiva ante los agradecimientos. Y esa es la razón por la que nunca acudí a ti. Lo sé, seguramente habrías permanecido a mi lado, incluso sin la certeza de si el hijo era tuyo; me habrías reconfortado, me habrías dado dinero, abundante dinero, pero siempre con una secreta impaciencia, apartando de ti la incomodidad. Sí, creo que habrías intentado incluso convencerme de que me deshiciera del niño. Y eso era lo que más temía de todo, porque ¿qué no habría hecho yo si tú me lo hubieras pedido? ¿Cómo habría podido negarte algo? Pero este niño lo era todo para mí, pues claro que era tuyo, tú de nuevo, pero él ya no era solo tú, el hombre feliz y despreocupado al que yo no era capaz de retener, sino un tú entregado a mí para siempre —así lo creía yo—, recluido en mi vientre, vinculado a mi vida. Y entonces, por fin, me había apoderado de ti, podía verte y notar tu vida creciendo en mis venas, alimentarte, darte de beber, hacerte mimos y besarte cuando mi alma ardía en deseo por todo ello. ¿Ves, amado mío?, por eso me sentí tan feliz cuando supe que tendría un hijo tuyo, por eso te lo oculté: para que ya nunca más pudieras alejarte de mí.

Sin embargo, amado mío, no fueron meses felices, como yo me lo había figurado con anticipación, sino llenos de temor y sufrimiento, llenos de repulsión por la bajeza de la gente. No lo tuve fácil. Ya no pude acudir a la tienda durante los últimos meses para que mis parientes no se dieran cuenta y no informaran en mi casa. A mi madre no quería pedirle dinero, así que sobreviví hasta el parto vendiendo unas pocas joyas que tenía. Una semana antes, una lavandera me robó de un armario las últimas coronas que me quedaban, así que me vi obligada a acudir a la maternidad gratuita. Allí, donde solo llegaban empujadas por la miseria las más pobres, las parias y las olvidadas, allí, en mitad de la más inmunda de las miserias, allí es donde nació el niño, tu hijo. Daban ganas de morirse solo con estar allí: todo era extraño, extraño, extrañísimo, éramos todas extrañas las que nos encontrábamos tendidas, solas y rebosantes de odio unas por otras, exclusivamente unidas por la miseria, por un sufrimiento similar en aquella sala llena hasta arriba de cloroformo y sangre, de gritos y lamentos. Tuve que padecer allí todo lo que la pobreza tiene de humillación, de vergüenza física y espiritual, en compañía de prostitutas y enfermas que convertían en una vulgaridad el destino compartido; en el cinismo de los jóvenes médicos que, con una sonrisa irónica, levantaban las sábanas de las indefensas y toqueteaban con fingido interés científico; en la codicia de las matronas... Ay, allí la vergüenza de una persona la crucifican con miradas y la castigan con palabras. Una tablilla con tu nombre, eso es lo único que eres, pues lo que está tendido en la cama no es más que un pedazo de carne, magreado por los curiosos, un objeto de análisis y estudio... ¡Ah, no lo saben las mujeres cuyo marido las aguarda con ternura y que dan a luz a sus hijos en casa, no saben lo que significa parir a sus hijos estando sola e indefensa como sobre una mesa de laboratorio! Y cuando todavía hoy leo en un libro la palabra *infierno*, pienso de inmediato involuntaria e inconscientemente en aquella sala atestada, húmeda, llena de suspiros, carcajadas y gritos sanguinolentos que yo padecí, en aquel matadero de la vergüenza.

Perdona, perdóname que te hable de esto. Pero esta es la única vez que lo he contado, nunca más, nunca más de nuevo. Durante once años me lo he callado y pronto quedaré muda para toda la eternidad: tenía que gritarlo una vez, gritar una vez lo caro que me costó este niño, que fue para mí una bendición y que ahora yace aquí sin vida. Aquellos momentos los había olvidado ya, los había olvidado hacía mucho tiempo en la sonrisa, en la voz de mi niño, en mi dicha; pero ahora que ha muerto, revivo el martirio y debo gritarlo desde el fondo del alma, solo esta vez, solo esta. Pero no te culpo de nada, solo a Dios, solo a Dios, que ha hecho que aquel martirio carezca de sentido. De nada te culpo a ti, te lo juro, y jamás me he enfurecido contra ti. Incluso en la hora en la que mi vientre se contraía por los dolores del parto, cuando mi cuerpo ardía de la vergüenza bajo las miradas obscenas de los estudiantes, incluso en el segundo en que el dolor me desgarró el alma, no me he quejado de ti ante Dios, jamás me he arrepentido de aquellas noches, jamás he despreciado mi amor por ti, siempre te he amado, siempre he bendecido la hora en la que te cruzaste conmigo. Y si tuviera que volver a pasar otra vez por el infierno de aquellas horas y supiera de antemano lo que me aguardaba, lo haría de nuevo, amado mío, ¡una y mil veces!

Nuestro hijo murió ayer y tú nunca llegaste a conocerlo. Nunca, ni en un casual encuentro fugaz, tus ojos se posaron sobre esta criatura pequeña y floreciente, tu criatura. Me mantuve escondida de ti durante mucho tiempo. Tan pronto como el niño nació, mi deseo por ti se volvió menos doloroso; sí, creo que te amaba con menos apasionamiento, o, por lo menos, sufría menos por mi amor desde que la vida me lo había regalado a él. No quería dividirme entre él y tú; así que no me entregué a ti, el afortunado que me despreciaba, sino a este niño que me necesitaba, al que debía alimentar, al que podía besar y abrazar. Parecía a salvo de mi desasosiego por ti, mi perdición, salvada por este otro tú que era tuyo, pero que, en realidad, era mío... Muy pero que muy rara vez mi emoción me arrastró sumisa hasta tu casa. Solo hacía una cosa: por tu cumpleaños, siempre te enviaba un ramo de rosas blancas, exactamente iguales a las que tú me regalaste tras nuestra primera noche de amor. ¿Te has preguntado alguna vez a lo largo de estos diez, de estos once años, quién te las enviaba? ¿Tal vez te hayan recordado que una vez regalaste aquellas rosas? No lo sé, y nunca sabré tu respuesta. El

55

mero hecho de enviártelas desde la sombra, de hacer posible que floreciera el recuerdo de aquel momento una vez al año, era suficiente para mí.

No has llegado a conocer nunca a nuestro pobre hijo. Hoy me culpo a mí misma de habértelo oculta-do, porque lo habrías querido. Nunca llegaste a co-nocer al pobre muchacho, nunca lo viste sonreír cuando abría despacio los párpados y, con sus inte-ligentes ojos oscuros —¡tus ojos!—, despedía una luz brillante y alegre sobre mí, sobre todo el mundo. Ay, era tan alegre, tan amable: toda la despreocupa-ción de tu carácter se reflejaba en él de modo infan-til, tu imaginación veloz y agitada se reavivaba en su ser: durante horas podía jugar cariñosamente con las cosas, igual que tú juegas con la vida, y también sen-tarse ante sus libros con seriedad y las cejas levanta-das. Cada vez se parecía más a ti; ya había empeza-do a ver que, en él, se desarrollaba manifiestamente aquella dualidad entre seriedad y juego que es tan propia de ti; cuanto más parecido a ti era, más lo quería yo. Aprendió mucho, hablaba francés como una pequeña cotorra, sus cuadernos eran los más pulcros de la clase y, además, qué guapo era, qué elegante, con su trajecito de terciopelo negro o la chaquetilla blanca de marinerito. Siempre era el más elegante de todos, allá donde fuera; cuando iba con él a la playa de Grado, las mujeres se detenían a aca-riciar su larga melena rubia; en Semmering, cuando se deslizaba en trineo, la gente se volvía admirada a su paso. Era tan guapo, tan tierno, tan confiado... Cuando, en sus últimos años, venía del internado Theresianum, llevaba su uniforme y sus pequeñas espadas como un escudero del siglo XVIII... Ahora el pobre no viste más que una camisola y ahí yace, con los labios pálidos y las manos cruzadas.

Pero quizá te preguntas cómo pude educar al niño con tanto lujo, cómo logré brindarle esa vida luminosa y alegre propia de la alta sociedad. Queridísimo, te hablo desde la oscuridad; no siento vergüenza y quiero contártelo, pero no te asustes, amado mío: me vendí. No era precisamente una prostituta, como se denomina a las mujeres de la calle, pero me vendí. Tenía amigos ricos, amantes ricos: al principio los buscaba yo, después me buscaban ellos a mí, porque era —¿te diste cuenta entonces?— muy hermosa. A cada cual a quien me entregué lo conquisté, todos ellos me han dado las gracias, todos se han aferrado a mí, todos me han amado. ¡Tú has sido el único que no, tú no, amado mío!

¿Me desprecias ahora porque te he revelado que me vendí? No, sé que no me desprecias, que lo entiendes todo y entenderás que lo he hecho solo por ti, por tu otro yo, por tu hijo. En aquella sala de la maternidad me tocó de cerca el espanto de la pobreza y supe que, en este mundo, los pobres siempre son los apaleados, los humillados, las víctimas, y no quería, bajo ningún concepto, que tu hijo, tu radiante y hermoso hijo, se viera obligado a vivir allá abajo en la escoria, entre el moho, en la mediocridad de la calle, respirando el aire apestoso de algún cuarto trasero. Su tierna boca no debía conocer la lengua de los arrabales, su pálido cuerpo no debía llevar los harapos enmohecidos y arrugados de la miseria... Tu hijo debía tenerlo todo, toda la abundancia, todas las facilidades de la tierra; él debía ascender de nuevo hacia ti, hacia tu estrato social.

Por eso y solo por eso, amado mío, es por lo que me vendí. No representó un sacrificio para mí, pues lo que normalmente se considera como honor e infamia para mí no tenía sentido: tú no me amabas, tú, el único al que pertenecía mi ser, así que me daba igual lo que le sucediera a mi cuerpo. Las caricias de los hombres, incluso su pasión más íntima, no me conmovían ni siquiera en lo más profundo, aunque aprecié mucho a algunos de ellos y solía sentirme conmovida por la compasión que me inspiraba el amor que me profesaban y que era no correspondido en recuerdo de mi propio sino. Todos los que conocí fueron buenos conmigo, todos me mimaron, todos me respetaron. Por encima de todos hubo uno, un conde imperial viudo, ya mayor, el mismo que movió cielo y tierra para que aceptaran al niño sin padre, a tu hijo, en el Theresianum, él me quería como a una hija. Tres o cuatro veces me propuso matrimonio: hoy podría ser condesa, señora de un mágico castillo en el Tirol, podría vivir sin preocupaciones, pues mi hijo habría disfrutado de un padre afectuoso que lo adoraría, y yo hubiera tenido a mi lado a un marido tranquilo, distinguido y bondadoso... No lo hice por mucho ni por muy a menudo que me insistiera, ni aunque lo hiriese gravemente con mi negativa. Tal vez fuera una necedad, pues habría vivido en un lugar tranquilo y a salvo, y mi niño querido estaría conmigo, pero —¿por qué no confesártelo?— no quería atarme, quería estar libre para ti en cualquier momento. En lo más profundo, en el inconsciente de mi ser, seguía viviendo el antiguo sueño de la infancia, tal vez volverías a pedirme que regresara, aunque solo fuera durante una hora. Y por la posibilidad de esa hora, lo rechacé todo, para estar libre solo para ti y tu primera llamada. ¡Toda mi vida, desde la adultez hasta la infancia, no ha sido otra cosa sino la espera, la espera a tu voluntad!

Y esa hora llegó por fin. Pero no lo sabes, ¡ni te la imaginas, amado mío! Tampoco en ella me reconociste... ¡Nunca, nunca, nunca me has reconocido! Ya me había encontrado antes contigo a menudo, en teatros, en conciertos, en el Prater, en la calle... Cada vez se me encogía el corazón, pero tú pasabas de largo. Por fuera, era otra persona totalmente distinta, la esquiva niña se había convertido en mujer, según decían, hermosa, ataviada con vestidos caros, rodeada de admiradores: ¡cómo podías sospechar que yo era aquella tímida joven en la penumbra de tu dormitorio! De vez en cuando, te saludaba alguno de los caballeros con los que yo iba, dabas las gracias y me mirabas, pero tu mirada era de extrañeza cortés, de deferencia, pero sin identificarme nunca, ajena, terriblemente ajena. En una ocasión, aún lo recuerdo, aquella falta de reconocimiento, a la que me acostumbré muy rápido, me provocó un sufrimiento ardiente: me senté en un palco de la ópera con un amigo y tú estabas en el palco contiguo. Las luces se apagaron con la obertura, ya no te veía el rostro, solo sentía tu respiración tan cerca, junto a mí, como aquella noche de antaño; en la barandilla común del compartimento de nuestros palcos se hallaba apoyada tu mano, tu mano elegante y delicada. Y tuve que sobreponerme al impulso incontenible de inclinarme y besar sumisa aquella mano ajena, aquella mano tan amada que, en su día, me abrazó tiernamente. A mi alrededor ondeaba emocionante la música, cada vez era más intenso el impulso, y tuve que esforzarme con denuedo, desgarrarme violentamente, con la misma violencia con la que tu amada mano atraía mis labios. Tras el primer acto, le rogué a mi amigo que nos marcháramos. No podía soportar más tenerte a ti, tan ajeno y tan cercano a la vez, junto a mí en la oscuridad.

Pero la hora llegó, llegó de nuevo, una última vez en mi deslavazada vida. Fue hace casi justo un año, el día de tu cumpleaños. Es raro, pero había pensado en ti a todas horas, pues siempre celebraba tu cumpleaños como si fuera un gran festejo. Muy temprano por la mañana salí a comprar las rosas blancas que cada año te enviaba como recuerdo de aquel momento que tú habías olvidado. Por la tarde, fui de paseo con mi muchachito, lo llevé a Demel, la pastelería, y por la noche al teatro, porque quería que para él aquel día también tuviera un significado especial, algo así como que sintiera desde sus primeros años que era un día de fiesta misterioso. Al día siguiente, salí con mi amigo de entonces, un industrial joven y rico de Brno con el que convivía desde hacía dos años y que me idolatraba y me mimaba. También él quería casarse conmigo y, como a los demás, aparentemente sin motivo, le rechazaba, aunque nos colmara al niño y a mí de regalos y él mismo fuera encantador con su bondad un tanto aburrida y servil. Fuimos juntos a un concierto, nos reunimos con unos alegres conocidos, cenamos en un restaurante de la Ringstraße y allí, en mitad de la risa y la charla, propuse que fuéramos a un local de baile, el Tabarin. Aquel tipo de locales, con su ininterrumpido alborozo alcohólico, me parecían más bien desagradables, como cualquier fiesta nocturna, y yo misma solía oponer resistencia a semejantes propuestas, pero esta vez se manifestó en mí una especie de insondable fuerza mágica que me hizo lanzarles aquella propuesta repentina e inconsciente en medio del entusiasmo de los demás. De repente, sentí un impulso inexplicable, como si allí me aguardara algo especial. Habituados a mostrarse complacientes conmigo, todos se pusieron aprisa en pie y fuimos allá, bebimos champaña y se apoderó de mí un buen humor vertiginoso, casi doloroso, como no había conocido antes. Bebí sin parar, canté a coro canciones de mal gusto y casi sentí la necesidad de bailar y dar gritos de júbilo. Pero, de pronto, me sentí como si se me hubiera instalado algo frío o incandescente en el corazón; noté un desgarro: en la mesa vecina estabas tú, sentado con unos cuantos amigos, y me observabas con una mirada de admiración y deseo, con aquella mirada que siempre me perturba por dentro. Por primera vez desde hacía diez años volvías a observarme con toda la fuerza apasionada e inconsciente de tu ser. Me estremecí. La copa que tenía alzada estuvo a punto de caérseme de las manos. Por suerte, mis compañeros de mesa no se percataron de mi turbación, que se perdió entre el estrépito de las risas y la música.

Cada vez más ardiente, tu mirada me prendió en llamas. No sabía si por fin me habrías reconocido o si me deseabas de nuevo como a otra mujer, como a una extraña. La sangre me tiñó las mejillas, contestaba despistada a mis compañeros de mesa: tuviste que darte cuenta de cuánto me perturbaba tu mirada. Sin que los demás se percataran, me hiciste una seña con un movimiento de cabeza para que saliera un instante al vestíbulo. Luego pagaste con ostentación, te despediste de tus compañeros y saliste, no sin antes insinuar de nuevo que me esperarías fuera. Temblé como si estuviera helada, como si estuviera febril, ya no pude ofrecer ninguna respuesta, ya no pude controlar mi agitada sangre. Por casualidad, en ese momento, una pareja de baile negra inició una singular danza nueva, taconeando rítmicamente y emitiendo estridentes gritos: todos los contemplaban y yo aproveché aquellos segundos. Me puse en pie, le dije a mi amigo que volvía enseguida y acudí a tu encuentro.

Fuera, en el vestíbulo, tú estabas junto al guardarropa esperándome: se te iluminó la mirada cuando me acerqué. Sonriendo, corriste hacia mí y comprendí de inmediato que no me reconocías, no reconocías a la niña de antaño ni tampoco a la muchacha; una vez más me asiste como a alguien nuevo, como a una desconocida.

—¿Tiene usted una hora para mí? —me preguntaste en un tono íntimo.

En la seguridad de tu manera de hablar, noté que me tomabas por una de esas mujeres que se vendían por una noche.

—Sí —contesté; el mismo «sí» tembloroso y de obvio consentimiento que aquella muchacha de hacía más de una década te había dicho en la penumbra de la calle.

—¿Y cuándo podemos vernos? —preguntaste.

—Cuando usted quiera —te respondí.

Contigo no sentía vergüenza alguna. Me contemplaste un poco asombrado, con el mismo asombro mezcla de curiosidad y suspicacia que entonces, cuando te sorprendí de igual manera por la premura de mi consentimiento.

—¿Podríamos ahora? —preguntaste un poco titubeante.

—Sí —dije—. Vamos.

Quise recoger mi abrigo del guardarropa.

Entonces caí en la cuenta de que mi amigo tenía el comprobante de nuestros abrigos, pues los habíamos entregado a la vez. Regresar adentro y pedírselo no era posible sin tener que dar prolijas explicaciones. Por otra parte, no quería renunciar a esa hora contigo que llevaba anhelando desde hacía años. Así que no lo dudé ni un segundo: me envolví en el chal que llevaba sobre el vestido de fiesta y salí a la noche húmeda por la niebla, sin preocuparme por el abrigo, sin preocuparme por el hombre bueno y afectuoso con el que llevaba viviendo desde hacía años y al que humillaría ante sus amigos como al engañado más ridículo, de cuyo amor había estado escapando durante años a la espera de la primera llamada de un hombre desconocido. Oh, en el fondo era muy consciente de toda la humillación, la ingratitud y la infamia que cometí contra un amigo honrado. Me daba cuenta de que estaba obrando de forma ridícula y que iba a ofender mortalmente y para siempre a un buen hombre a causa de mi delirio; me daba cuenta de que mi vida se desgarraba por la mitad. Pero ¿qué significaba para mí la amistad o mi existencia frente a la impaciencia de sentir de nuevo tus labios, de escuchar tus palabras tiernas dedicadas a mí? Así te he amado, ahora puedo decírtelo, ahora que todo ha pasado y ha quedado atrás. Y creo que, si me llamaras en mi lecho de muerte, encontraría de inmediato las fuerzas para levantarme y acudir a ti.

Había un automóvil detenido ante la entrada, fuimos a tu casa. Volví a escuchar tu voz, volví a sentir tu tierna cercanía y me sentí exactamente igual de aturdida e igual de turbada por la dicha infantil que antaño. Al subir por primera vez en diez años las escaleras... No, no, no puedo contarte cómo lo sentí todo desdoblado en aquellos segundos, el tiempo pasado y el presente, y en absolutamente todo siempre te sentía solo a ti. Tu habitación tenía un aspecto un tanto cambiado, unos cuadros de más y más libros por doquier y aquí y allá muebles desconocidos. Aun así, todo me recibió con familiaridad. Y, sobre el escritorio, se hallaba el jarrón con las rosas, con mis rosas, las que un día antes te había enviado por tu cumpleaños como recuerdo de aquella de la que no te acordabas, a la que no reconociste, solo que entonces yo estaba allí a tu lado, tomándote de la mano y besándote en los labios. Y, aun así, me hizo bien que conservaras las flores: eran un soplo de mi existencia, un aliento de mi amor por ti.

Me acogiste entre tus brazos. Volví a pasar contigo una noche maravillosa. Pero en esta ocasión tampoco reconociste mi cuerpo desnudo. En las nubes sobrellevé tus caricias expertas y comprobé que tu pasión no diferenciaba entre una mujer amada y una comprada, que lo das todo en tu deseo con la abundancia irreflexiva y derrochadora propia de tu carácter. Fuiste tan tierno y suave conmigo, aquella a la que habías recogido en un local nocturno; tan caballeroso, tan cordial y deferente y, aun así, tan apasionado para con el disfrute de una mujer. Volví a percibir, aturdida por la antigua felicidad, aquella particular dualidad de tu naturaleza, la pasión sabia e intelectual unida a la sensualidad, con la que ya habías encandilado a la niña que fui. Jamás he conocido a ningún hombre que demostrara la ternura con tal entusiasmo en esos momentos, tal erupción e iluminación de lo más profundo de su ser, para después perderte en un olvido infinito, casi inhumano. Pero yo también me olvidé de mí misma. ¿Quién era yo en la oscuridad junto a ti? ¿Era la ardiente niña de antaño, era la madre de tu hijo o era una desconocida? Ay, fue todo tan íntimo, todo tan vivido y tan profusamente novedoso una vez más en aquella noche de pasión... Y recé porque no quería que llegara a su fin.

Pero llegó la mañana, nos levantamos tarde y me invitaste a desayunar contigo. Bebimos juntos el té que una invisible mano servicial había dispuesto discretamente en el comedor y charlamos. Volviste a hablarme con toda la confianza afectuosa y abierta de tu carácter y, una vez más, no me hiciste ninguna pregunta indiscreta, sin curiosidad por saber quién era yo. No me preguntaste mi nombre, ni dónde vivía: de nuevo, no era más que una aventura, una sin nombre, un instante de excitación, un vapor del olvido que se volatiliza sin dejar rastro. Me contaste que te disponías a viajar lejos, al norte de África, durante dos o tres meses. Me estremecí en mitad de mi dicha; me martilleaban los oídos: «¡Esto ya pasó! ¡Ya pasó y volveré al olvido!». Hubiera querido postrarme ante tus rodillas y gritarte: «¡Llévame contigo para que al fin puedas reconocerme, por fin, por fin, después de tantos años!». Pero era tan vergonzosa, tan cobarde, tan servil, tan débil ante ti... que solo pude decir:

—Qué lástima.

Me contemplaste sonriente.

—¿De verdad te da pena?

Entonces se apoderó de mí una ferocidad repentina. Me puse en pie, te contemplé fijamente durante largo rato y, después, te dije:

—El hombre al que amo también está siempre de viaje.

Te contemplé justo en el centro de las estrellas de tus ojos. «¡Ahora, ahora es cuando me reconocerá!», todo temblaba y se aceleraba en mi interior. Pero tú me sonreíste y dijiste consolador:

—Uno siempre acaba por volver.

—Sí —respondí—, siempre volvéis, pero después lo olvidáis todo.

Tuvo que ser algo insólito, algo apasionado en la manera en que te lo dije, porque te pusiste en pie y me contemplaste, sorprendido y cariñoso. Me tomaste por los hombros.

—Lo que es bueno no se olvida, a ti no te olvidaré —me dijiste y, al mismo tiempo, me clavaste la mirada, como si quisieras grabarte en la memoria aquella imagen.

Y a medida que sentía que penetraba en mí aquella mirada que buscaba, que percibía, que absorbía todo mi ser, entonces creí que, por fin, por fin, caería la venda de la ceguera. «¡Me va a reconocer, me va a reconocer!» Toda mi alma tembló al pensarlo.

Pero no me reconociste. No, no me reconociste, nunca fui más extraña para ti que durante aquellos segundos, pues, si no, jamás habrías hecho lo que hiciste unos minutos después. Me besaste, me besaste de nuevo apasionadamente. Tuve que volver a arreglarme el cabello, que se me había revuelto, y mientras me encontraba ante el espejo, miré a través del reflejo y te vi meter discretamente un fajo de billetes dentro de mi manguito; creí que me desplomaría de la vergüenza y la decepción. Cómo me hubiera gustado gritarte, propinarte una bofetada... Yo, que te amaba desde la infancia, la madre de tu hijo, ¡y me pagabas por aquella noche! Una prostituta del Tabarin, eso era para ti, nada más. ¡Me habías pagado, pagado a mí! No era suficiente que me olvidaras, también tenías que humillarme.

Recogí rápidamente mis cosas. Quería irme de allí, marcharme cuanto antes. Resultaba demasiado doloroso. Cogí mi sombrero que estaba sobre el escritorio, junto al jarrón de rosas blancas, mis rosas. En ese momento, me sobrevino una sensación fortísima e irresistible: quería intentar una vez más que me recordaras:

—¿Te importaría darme una de tus rosas blancas?

—Pues claro —me dijiste, y me la entregaste de inmediato.

—Pero tal vez te las haya regalado una mujer, ¿una mujer que te ama? —dije.

—Tal vez —me contestaste—, no lo sé. Me las han traído y no sé de quién son, por eso me gustan tanto.

Te contemplé.

—¡Pero tal vez sean de alguna mujer a la que hayas olvidado!

Parpadeaste sorprendido. Yo te miré fijamente. «¡Reconóceme, reconóceme de una vez!», gritaba mi mirada. Pero tus ojos sonreían amables e ignorantes. Me besaste de nuevo. Pero no me reconociste.

Atravesé a toda prisa la puerta, pues noté que se me acumulaban las lágrimas en los ojos y tú no debías verlas. En el vestíbulo —de la premura con la que había salido—, casi me choqué con Johann, tu mayordomo. Reservado y diligente, se apartó a un lado, abrió de un golpe la puerta para dejarme salir y, entonces, en ese preciso instante, ¿lo oyes?, en el que lo miré con los ojos llenos de lágrimas, vi que a aquel hombre envejecido se le encendía de repente una luz en la mirada. En ese preciso instante, ¿lo oyes?, en ese preciso instante, el anciano me reconoció, él, que no me había vuelto a ver desde mi infancia. Podría haberme arrodillado ante él por aquel reconocimiento y haberle besado las manos. Me limité a sacar bruscamente del manguito los billetes con los que tú me habías condenado y se los entregué a él. Se estremeció y me contempló asustado: en aquel preciso instante tal vez comprendió más de mí que tú en toda tu vida. Todas, todas las personas me han cuidado, todas han sido bondadosas conmigo... solo tú, solo tú me has olvidado, ¡solo tú has sido el único que no me ha reconocido nunca!

Mi hijo ha muerto, nuestro hijo. Y ahora ya no tengo a nadie más en el mundo a quien querer salvo a ti. Pero ¿quién eres tú para mí, tú, que nunca jamás me reconoces, que fluyes sobre mí como si fueras agua, que pasas por encima de mí como si yo fuera un guijarro al que haces avanzar sin descanso y cada vez más lejos hasta dejarme en una eterna espera? En una ocasión, creí que te conservaría, a ti, el efímero, en mi hijo. Pero era hijo tuyo: durante la noche se me ha ido de forma atroz, se me ha ido de viaje, me ha olvidado y no volverá jamás. Y estoy sola de nuevo, más sola que nunca, no tengo nada, nada de ti, ya no tengo hijo, ni una palabra, ni una línea, ni un recuerdo. Y si alguien menciona mi nombre ante ti, lo oirás de pasada como el de una extraña. ¿Por qué no debería morirme, si ya estoy muerta para ti? ¿Por qué no irme, si tú te has ido de mí? No, amado mío, no me quejo de ti, no quiero introducir mi lamento en tu alegre casa. No temas, que no te seguiré acosando... Perdóname, pero tengo que gritar por una vez a los cuatro vientos mi alma, en esta hora en la que mi niño yace aquí, muerto y desamparado. Solo en esta ocasión debo hablarte, después volveré a mi mutismo en la oscuridad, como siempre he estado, muda, junto a ti. Pero no escucharás este grito mientras viva, solo cuando muera recibirás este legado mío, de alguien que te ha querido más que nadie y a la que jamás has reconocido, de alguien que siempre te ha esperado y a la que nunca has reclamado. Tal vez, tal vez me reclamarás entonces y te seré infiel por vez primera, porque ya no te oiré una vez muerta: no te dejo ninguna imagen ni ningún símbolo, como tú no me has dejado nada; nunca me reconocerás, jamás. Este ha sido mi destino en vida y ese lo será también muerta. No quiero reclamarte en mi última hora, me marcho sin que sepas mi nombre y sin que conozcas mi rostro. Expiro ligera, pues no lo sientes desde lejos. No te duele que yo muera, porque, si no, no podría morir.

No puedo seguir escribiendo... siento la cabeza tan embotada... me duelen las extremidades, tengo fiebre... creo que necesito acostarme ahora mismo. Tal vez pronto pase todo, tal vez el destino sea por fin benevolente y así no tenga que ver cómo se llevan a mi hijo... Ya no puedo escribir más. Hasta siempre, amado mío, hasta siempre, te doy las gracias... Ha estado bien, a pesar de todo... Quiero agradecértelo hasta mi último aliento. Yo quedo en paz: ya te lo he contado todo. Ahora sabes, no, ahora solo vislumbras, lo muchísimo que te he querido y, sin embargo, no te queda ninguna carga de este amor. No te fallaré: eso me consuela. Nada cambiará en tu vida hermosa y alegre... No te hago mal con mi muerte... Eso me consuela, amado mío.

Sin embargo, ¿quién... quién te va a enviar ahora las rosas blancas por tu cumpleaños? Ay, el jarrón se quedará vacío, ese pequeño aliento, esa pequeña vaharada de mi vida que una vez al año te soplaba, ¡también se disipará! Amado mío, escucha, te lo ruego... será lo primero y lo último que te ruegue... Hazlo por mí, por tu cumpleaños —ese es un día en el que uno piensa en sí mismo—, compra rosas y colócalas en el jarrón. Hazlo, amado mío, hazlo como otros encargan una misa una vez al año por sus seres queridos difuntos. Yo ya no creo en Dios y no quiero misas, solo creo en ti, solo te amo a ti y solo quiero seguir viviendo en ti... Ay, solo un día al año, muy pero que muy en silencio, como he vivido yo junto a ti... Te ruego que lo hagas, amado mío... es lo primero que te imploro y lo último... te doy las gracias... te amo, te amo... adiós...

Dejó la carta con manos temblorosas. Luego se quedó ensimismado durante largo rato. De una manera confusa, emergió cierto recuerdo de una niña vecina, de una joven y de la mujer del local nocturno, pero era un recuerdo impreciso y nebuloso, como un guijarro que parpadea y tiembla sin forma al fondo de una corriente de agua. Las sombras fluían acá y allá, pero no conservaban ninguna imagen. Experimentó recuerdos de los sentimientos, pero aun así no logró recordar nada. Para él era como si hubiera soñado todas aquellas figuras, frecuente y profundamente, pero como si fueran al fin y al cabo un mero sueño.

Entonces su mirada recayó sobre el jarrón azul delante de él, sobre el escritorio. Estaba vacío, vacío por primera vez desde hacía años en el día de su cumpleaños. Se sobresaltó: fue como si, de repente, se hubiera abierto una puerta invisible y una fría corriente de aire de otro mundo atravesara su tranquila habitación. Sintió una muerte y un amor inmortal: algo se quebró en su alma y pensó en aquella mujer invisible, incorpórea y apasionada como en una melodía lejana.

La colección invisible

Un episodio fruto de la inflación alemana

Dos estaciones después de Dresde, se subió al tren en nuestro compartimento un caballero entrado en años, saludó cortés y, levantando la vista, me hizo un gesto con la cabeza como si fuéramos viejos conocidos. En un primer momento, no conseguí acordarme de él; pero en cuanto mencionó su nombre con una leve sonrisa, recordé de inmediato quién era: se trataba de uno de los anticuarios más respetados de Berlín, en cuyo comercio, en tiempos de paz, había ojeado y comprado libros viejos y autógrafos. Al principio charlamos de cosas sin importancia, pero, de repente, me dijo:

—Tengo que contarle de dónde vengo. Este episodio es lo más singular con lo que me he topado en treinta y siete años de negocio como marchante de arte. A buen seguro, sepa usted cómo van ahora las cosas en el mercado del arte desde que el valor del dinero se evapora como el gas: los nuevos ricos de pronto han descubierto su pasión por las madonas góticas, los incunables y los grabados y cuadros antiguos; casi no hay forma de saciarlos, hasta el punto de que hay que protegerse de que no le expolien a uno la casa y la alcoba hasta dejárselas vacías. Si por ellos fuera, le comprarían a uno los gemelos de las mangas y la lámpara del escritorio. De ahí que haya una desesperación cada vez más acuciante por conseguir nueva mercancía —discúlpeme que, de repente, llame mercancía a estos objetos que para gente como nosotros antes eran dignos de respeto—, pero estos especímenes perversos ya lo han acostumbrado a uno a considerar un maravilloso incunable veneciano solo como la mera funda de no sé cuántos dólares y un dibujo a mano de Guercino como la encarnación de un puñado de billetes de cien francos. No hay resistencia posible contra la obstinación porfiada de estos repentinos compradores furibundos. Y así, de la noche a la mañana, me quedé una vez más casi sin existencias y gustoso habría echado la persiana. Hasta ese punto me avergonzaba el hecho de que, en nuestro antiguo negocio que mi padre había heredado de mi abuelo, solo quedaran desperdigadas por todas partes despreciables baratijas que antes no las hubiera expuesto en su carro ni un solo vendedor callejero del norte.

»En ese apuro me encontraba cuando se me ocurrió revisar nuestros viejos libros de cuentas para localizar a antiguos clientes a los que tal vez pudiera sacarles unas cuantas obras duplicadas. Esas listas son siempre como una especie de cementerio, sobre todo en los tiempos que corren, y esta no me proporcionó excesiva información: la mayor parte de nuestros antiguos clientes hacía tiempo que se habían visto obligados a deshacerse de sus posesiones en subasta o habían fallecido y, de los pocos que aún seguían en pie, nada podía esperarse. Pero, de pronto, me topé con un fajo de cartas del que seguramente era nuestro cliente más antiguo, que, hasta ese momento, no me había venido a la cabeza porque, desde que se declaró la guerra en 1914, no se había puesto en contacto con nosotros para hacernos ningún pedido ni ninguna solicitud. La correspondencia se remontaba, ¡de verdad que no exagero!, a casi sesenta años; ya les había comprado a mi padre y a mi abuelo y, sin embargo, yo no recordaba que hubiera visitado nuestro negocio durante los treinta y siete años que lo había regentado personalmente. Todo aquello indicaba que aquel tenía que ser un hombre extraño, peculiar y chapado a la antigua, uno de esos alemanes olvidados como los retratados por Menzel o Spitzweg, que, en nuestros tiempos, se han establecido aquí y allá en pequeñas ciudades de provincias como ejemplares poco comunes. Sus escritos eran modelos de caligrafía, redactados con pulcritud, los importes subrayados con regla y tinta roja. Además, siempre repetía las cifras dos veces para no cometer ningún error: aquello y el uso exclusivo de páginas de cortesía arrancadas de libros y sobres baratos apuntaban a la cicatería y a la fanática obsesión economizadora de un provinciano irredento. Aquellos singulares documentos estaban firmados, además de por su nombre, también por su enrevesado título: Consejero de Economía y Bosques retirado, teniente retirado, condecorado con la Cruz de Hierro de 1.ª Clase. Como veterano de la guerra de 1870, si aún vivía, debía tener como mínimo ochenta años a sus espaldas. Sin embargo, aquel peculiar y grotesco ahorrador, como coleccionista de grabados antiguos, demostraba una inteligencia excepcional, excelentes conocimientos y un gusto refinado. A medida que recopilaba poco a poco sus pedidos de casi sesenta años, el primero de los cuales se hizo en monedas de plata, fui consciente de que, en la época en que por un tálero se podía adquirir una buena cantidad de hermosas xilografías alemanas, aquel pequeño provinciano debía de haber reunido a la chita callando una colección de aguafuertes que bien podría hacerle sombra, en calidad de tesoro, a las alardeadas colecciones de los nuevos ricos. Solo lo que nos había comprado a nosotros en pequeñas sumas de marcos y peniques a lo largo de medio siglo hoy tendría un valor asombroso, y era de esperar que también hubiera obtenido otras piezas por precios no menos baratos en subastas y de otros comerciantes. Desde 1914 no nos había llegado ningún otro pedido por su parte, pero yo estaba demasiado familiarizado con todo lo que acontecía en el mercado del arte como para que se me pasara inadvertida la subasta o la venta cerrada de semejante lote. Así pues, este singular sujeto debía seguir con vida o la colección estaría en manos de sus herederos.

»La cosa me interesaba, así que, al día siguiente, ayer por la tarde, puse rumbo sin darle más vueltas a una de las ciudades provincianas más inconcebibles de Sajonia; y mientras deambulaba desde la pequeña estación por la calle principal, me pareció casi imposible que allí, en mitad de aquellas banales casas chabacanas con su fruslería pequeñoburguesa, en alguna de aquellas moradas, residiera un hombre que poseyera, en impecables condiciones, algunas de las láminas más espléndidas de Rembrandt junto a grabados de Durero y Mantegna. Para mi asombro, en la oficina de correos me informaron de que allí residía un consejero de economía y bosques con aquel nombre y que, en efecto, el anciano caballero todavía vivía y, antes del mediodía, me puse en camino hacia su casa con el corazón, debo confesarlo sin ambages, latiendo acelerado.

»No me costó mucho esfuerzo encontrar su vivienda. Se hallaba en el segundo piso de una de aquellas austeras casas provincianas que algún arquitecto especulador había levantado a toda prisa en los años sesenta. En el primer piso vivía un respetable sastre; en el segundo piso a la izquierda refulgía la chapa de un empleado de correos, y, por fin, a la derecha, había una plaquita de porcelana con el nombre del Consejero de Economía y Bosques. Ante mi titubeante llamada, abrió la puerta de inmediato una señora muy anciana de pelo blanco con un pulcro bonete negro. Le entregué mi tarjeta y le pregunté si podía hablar con el señor Consejero de Bosques. Sorprendida y con cierta desconfianza, me contempló primero a mí y luego la tarjeta: en aquellas pequeñas ciudades perdidas de la mano de Dios, en aquella casa chapada a la antigua, una visita del exterior pa-

77

recía ser todo un acontecimiento. Sin embargo, me pidió amablemente que esperara, tomó la tarjeta y entró en la habitación; la oí cuchichear en voz muy baja y luego, de repente, una estruendosa y estentórea voz masculina exclamó:

»—¡Ah! El señor R. de Berlín, el gran anticuario... Que pase, que pase... ¡Cuánto me alegro!

»Y, enseguida, regresó apresuradamente la ancianita y me invitó a que entrara en la sala principal.

»Me quité el abrigo y entré. En mitad de la modesta sala se encontraba bien erguido un hombre muy mayor pero aún vigoroso, de bigote espeso, que iba ataviado con un batín de estilo militar anudado a la cintura y que me tendía efusivamente ambas manos. Sin embargo, aquel gesto sincero de hospitalidad inconfundiblemente espontánea y alegre se contradecía con una curiosa rigidez en su postura. No dio ni un paso hacia mí y fui yo, un poco desconcertado, el que tuve que aproximarme a él para estrecharle la mano. No obstante, cuando quise hacerlo, me percaté de la posición horizontal e inmóvil de las manos que no buscaban las mías, sino que las esperaban. Al momento lo comprendí todo: aquel hombre estaba ciego.

»Ya desde pequeño siempre me había sentido incómodo al estar en presencia de ciegos; jamás he logrado reprimir cierta vergüenza y apuro al encontrarme con una persona con tanta vitalidad y, al mismo tiempo, ser consciente de que él no me percibía del mismo modo que yo a él. También entonces tuve que superar el pasmo inicial al ver aquellos ojos muertos, fijos en el vacío, bajo unas frondosas y alborotadas cejas canosas. Pero el ciego no me dejó sumirme largo rato en mi extrañeza, pues, en cuanto rocé con mi mano la suya, la estrechó con la máxima fuerza posible y repitió el saludo de un modo efusivo y estruendoso, pero también afable.

»—Una visita tan poco común —me dijo, dedicándome una gran sonrisa—. Es una maravilla que uno de los caballeros más distinguidos de Berlín se haya perdido hasta acabar en nuestro pueblacho... Pero hay que andarse con precauciones cuando todo un señor marchante toma el tren... Como siempre decimos en mi casa: "¡Cerrad las puertas y las carteras cuando vienen los gitanos!". Sí, ya puedo imaginarme por qué acude usted a mí... Los negocios ahora van mal en nuestra pobre y hundida Alemania, ya no hay compradores y es entonces cuando los grandes señores vuelven a acordarse de sus viejos clientes y visitan a su parroquia... Pero, en mi caso, me temo, no va usted a tener suerte. Nosotros, los ancianos pensionistas pobres, nos contentamos con tener un pedazo de pan que poner en la mesa. Ya no podemos igualar los insensatos precios que fijan ustedes ahora... La gente como nosotros se ha quedado descolgada para siempre.

»De inmediato le informé de que había malinterpretado mis intenciones, pues no había acudido a venderle nada, sino que simplemente me encontraba en las cercanías y no quería desaprovechar la oportunidad de presentarle mis respetos a un fiel cliente de larga data de nuestra casa y a uno de los mayores coleccionistas de Alemania. En cuanto pronuncié esas palabras, "uno de los mayores coleccionistas de Alemania", se produjo una extraña transformación

79

en el semblante del anciano. Seguía de pie, erguido, inmóvil en mitad de la estancia, pero entonces una expresión de repentina luminosidad y orgullo interno dominó su postura, se volvió hacia donde sospechaba que estaba su esposa, como diciéndole: "¿Lo estás oyendo?" y con una voz llena de alegría, sin rastro del adusto tono militar que había empleado hasta ese momento, sino más bien con suavidad y casi con afecto, se dirigió a mí:

»—Eso es muy pero que muy amable por su parte... Pero no dejaré que haya venido en vano. Tiene usted que ver algo que no se ve todos los días, ni siquiera en su ostentoso Berlín... Unas cuantas obras como no podrá encontrar más hermosas en la Albertina ni en el maldito París... Sí, cuando uno colecciona durante sesenta años, encuentra toda clase de cosas que no están sin más tiradas por la calle. ¡Luise, dame la llave del armario!

»Sin embargo, en ese momento, sucedió algo inesperado. La ancianita, que estaba junto a él y había asistido respetuosa a nuestra conversación, con sonrisa amable y atención discreta, levantó implorante ambas manos y, al mismo tiempo, hizo un vehemente movimiento de negación con la cabeza, una señal que yo al principio no comprendí. Luego se aproximó a su marido y le apoyó con suavidad las manos sobre los hombros.

»—¡Pero Herwarth! —le exhortó—. No le has preguntado al caballero si tiene tiempo ahora para ver la colección y es casi mediodía. Y, después de comer, tienes que descansar durante una hora, como te ha exigido expresamente el médico. ¿No sería mejor si le muestras al caballero todo tras el almuerzo y luego nos tomamos juntos el café? ¡Para entonces estará aquí también Annemarie, que lo entiende todo mucho mejor y podrá ayudarte!

»Y, una vez más, tan pronto como pronunció aquellas palabras, me repitió el insistente gesto de súplica, ante el desconocimiento de su esposo. Entonces lo entendí. Supe que quería que rehusara ver la colección de inmediato y rápidamente me saqué la excusa de que tenía una cita para almorzar. Sería para mí un placer y un honor ver su colección, pero no podría hacerlo antes de las tres de la tarde, momento en el cual volvería con mucho gusto.

»Irritado como un niño al que le han quitado su juguete favorito, el anciano se dio la vuelta.

»—Por supuesto —refunfuñó—, los señores berlineses jamás tienen tiempo para nada. Pero esta vez tendrá que sacarlo, porque no son tres o cuatro obras, sino veintisiete carpetas, una para cada maestro y ninguna está medio vacía. Muy bien, a las tres, pero sea puntual, porque, si no, no nos dará tiempo a verlo todo. —De nuevo me tendió la mano en el vacío—. Eso sí, tenga en cuenta que puede que se alegre o que se enfade. Cuanto más se enfade usted, más me alegraré yo. Así somos los coleccionistas: ¡todo para nosotros y nada para los demás!

»Y, otra vez, me estrechó la mano con fuerza.

»La anciana señora me acompañó hasta la puerta. Durante todo el tiempo, la había notado algo incómoda, con una expresión de cohibida inquietud. En ese momento, justo en la salida, balbuceó con una voz muy decaída:

»—¿Podría... podría... ir a recogerle mi hija Annemarie antes de que venga a casa luego? Es mejor... por muchos motivos... Almorzará usted en el hotel, ¿verdad?

»—Desde luego, por mí encantado, será un placer —le respondí.

»Y, en efecto, una hora más tarde, justo cuando acababa de terminar el almuerzo en el pequeño comedor del hotel en la plaza del mercado, llegó una señorita entrada en años, vestida con sencillez, que paseó la mirada por la estancia. Me acerqué a ella, me presenté y le expliqué que estaba listo para acompañarla de inmediato para examinar la colección. Pero, con un rubor repentino y la misma incomodidad desconcertada que había mostrado su madre, me rogó que, por favor, antes intercambiáramos unas palabras. Vi al instante que le resultaba difícil. Cada vez que hacía el esfuerzo e intentaba hablar, le subía aquel rubor llameante e intranquilo por la frente y se toqueteaba el vestido con la mano. Por fin empezó a hablar, balbuceando y aturullándose una y otra vez:

»—Mi madre me ha enviado a que hable con usted... Me lo ha contado todo y... tenemos que pedirle un gran favor... De hecho, queríamos ponerle sobre aviso antes de que viniera a ver a padre... Padre naturalmente querrá enseñarle su colección, y la colección... la colección... ya no está completa... faltan una serie de obras... por desgracia, de hecho, son muchas...

»De nuevo, tuvo que respirar hondo, después me contempló de pronto y me dijo a toda prisa:

»—Debo serle franca... Ya sabe usted cómo son los tiempos que corren y lo comprenderá todo... Padre quedó totalmente ciego tras el inicio de la guerra. Ya antes solía padecer de la vista, y la tensión lo despojó por completo de luz. A pesar de tener setenta y seis años, deseaba ir al frente de Francia y, como el ejército no avanzaba tanto como en 1870, se puso terriblemente nervioso, y aquello supuso un espantoso y veloz paso atrás para su vista. Por lo demás, sigue conservando su vigor y, hasta hace bien poco, podía caminar durante horas e incluso salir a cazar, cosa que tanto le gustaba. Ahora se le han terminado los paseos y la única alegría que le queda es su colección, que mira todos los días... es decir, no la ve, ya no ve nada, pero, a pesar de todo, cada tarde saca las carpetas para, al menos, palpar las obras, una tras otra, siempre en el mismo orden que desde hace décadas se conoce de memoria... Ahora ya no le interesa nada más y yo siempre tengo que leerle en voz alta todas las subastas y, cuanto más suben los precios, más feliz se siente... porque... esto es lo más terrible, padre ya no entiende nada sobre precios ni sobre la época en la que vive... no sabe que lo hemos perdido todo y que, con su pensión, no se puede aguantar ni dos días al mes... Por si esto fuera poco, el marido de mi hermana cayó en el frente y ella se quedó con cuatro niños pequeños... Así pues, padre no sabe nada de nuestras dificultades materiales. Al principio, hicimos economías, incluso más que antes, pero aquello no sirvió de nada. Luego empezamos a vender nuestras pertenencias, aunque, por supuesto, no tocamos su queridísima colección... Vendimos las

83

pocas joyas que teníamos, pero ¡Dios mío!, aquello no era nada, pues padre se había gastado durante sesenta años hasta el último penique que lograba ahorrar solamente en sus láminas. Y un buen día ya no quedaba nada... no sabíamos qué hacer... y entonces... entonces... madre y yo vendimos una obra. Padre jamás lo habría permitido, él no sabe lo mal que vamos, no se hace a la idea de lo difícil que es conseguir un poco de comida en el mercado negro, tampoco sabe que hemos perdido la guerra ni que hemos renunciado a Alsacia y Lorena; no le leemos ninguna de esas cosas de los periódicos para que no se altere.

»La que vendimos era una obra muy valiosa, un aguafuerte de Rembrandt. El marchante nos ofreció muchos, muchísimos marcos por él y esperábamos que fueran suficientes durante años. Pero sabe usted cómo se esfuma el dinero... Metimos todo el resto en el banco y, al cabo de dos meses, se había terminado. Así pues, tuvimos que vender otra obra y luego otra, y el marchante enviaba el dinero siempre con tanto retraso que acababa depreciándose. Entonces, lo intentamos en subastas, pero allí también nos engañaron a pesar de los precios millonarios... Cuando los millones nos llegaban, siempre valían poco menos que papel mojado. De ese modo, paso a paso, lo mejor de su colección ya no está, excepto unas pocas obras de valor. Y solo por subsistir llevando una vida menesterosa y exigua, y padre no sospecha nada.

»Fue por este motivo por lo que mi madre se asustó tanto cuando llegó usted... porque, cuando

padre le abra las carpetas, se va a descubrir todo...
En los antiguos paspartús, que él conoce al tacto,
hemos colocado reimpresiones o láminas similares
a las vendidas, de modo que no se percate de nada
cuando las toque. Y aunque solo pueda palparlas o
contabilizarlas (recuerda con exactitud el orden),
experimenta exactamente la misma alegría que cuando podía verlas con sus propios ojos. Además, no
hay nadie en este pequeño pueblucho a quien padre considere digno de mostrarle su tesoro... y creo
que adora cada una de las láminas con una pasión
tan fanática que se le partiría el corazón si se ente-
rase de que todo lo que tenía entre sus manos hace
tiempo que desapareció. Desde que falleció el antiguo director de la cámara de grabados de Dresde, usted es, en todos estos años, el primero a quien
ha querido mostrar sus carpetas. Por eso le supli-
co que...

»Y, de súbito, la añosa señorita alzó las manos y
los ojos le brillaron húmedos.

»—... le suplicamos... que no le traiga la infelicidad... que no nos traiga la infelicidad... no le desba-
rate esta última ilusión suya, ayúdenos a hacerle
creer que todas esas láminas que le va a describir siguen estando ahí... No sobrevivirá si sospecha que
no es así. Tal vez hayamos cometido una injusticia
contra él, pero no podíamos hacer otra cosa: hay que
vivir... y la vida de seres humanos, la de cuatro niños
huérfanos como los de mi hermana, es más importante que unas láminas estampadas... Hasta el día de
hoy, tampoco le hemos privado de ninguna alegría;
él es feliz, cada tarde se la pasa hojeando las láminas

de sus carpetas, habla con cada obra como si fueran personas. Y hoy... hoy puede que sea su día más feliz, el que esperaba desde hacía años, por una vez va a poder mostrarle su querida colección a un experto; por favor..., se lo pido de rodillas, ¡no destruya su felicidad!

»Me lo había contado todo de un modo tan estremecedor que mi descripción no le hace justicia. Dios mío, como marchante, había visto a muchas de estas personas vilmente estafadas a causa de la inflación, perversamente desvalijadas, cuyas posesiones familiares más valiosas con siglos de antigüedad se habían esfumado por un pedazo de pan con mantequilla. Sin embargo, aquí, la fatalidad me había llevado ante alguien extraordinario que me conmovió mucho. Por supuesto, le prometí que callaría y que lo haría lo mejor que pudiera.

»Emprendimos la marcha juntos. Por el camino, me enteré lleno de amargura con qué patéticas sumas habían estafado a aquellas pobres mujeres desavisadas, lo que no hizo más que afianzar mi convencimiento de ayudarlas hasta las últimas consecuencias. Subimos las escaleras y tan pronto como llamamos al timbre, oímos dentro de la vivienda la voz potente y alegre del anciano:

»—¡Adelante, adelante!

»Con el fino oído de los ciegos, debía de haber percibido nuestros pasos subiendo por la escalera.

»—Herwarth no ha podido dormir por la impaciencia de mostrarle sus tesoros —dijo sonriente su esposa.

»Una sola mirada a su hija ya la había tranquilizado sobre mi aquiescencia. Sobre la mesa descansaban desplegadas y a la espera las pilas de carpetas y, en cuanto el ciego notó mi mano, me agarró del brazo y me empujó hacia el sillón.

»—Bueno, pues vamos a empezar: hay mucho que ver y los caballeros de Berlín jamás disponen de tiempo. La primera carpeta es del maestro Durero y, como se asombrará de ver, está bastante completa: cada ejemplar es más bello que el anterior. ¡Usted mismo juzgará cuando lo vea! —Abrió de un golpe la primera lámina de la carpeta—. *El gran caballo*.

Y entonces sacó un paspartú de la carpeta con cariñosa circunspección, como quien toca algo quebradizo, manipulándolo cautelosamente con la punta de los dedos. En él había enmarcada una hoja de papel amarillenta y vacía, y el anciano sostuvo, entusiasmado, ante sí aquel papelucho sin valor. Lo contempló durante varios minutos, sin verlo en realidad, pero arrebatado por el éxtasis, con la hoja en blanco a la altura de la vista y la mano extendida, y su rostro al completo se contrajo mágicamente con el intenso gesto de alguien que sí veía. Y sus ojos, que se quedaban fijos como estrellas muertas, adquirieron —¿sería un efecto creado por el reflejo del papel o por un resplandor interno?— una luminosidad reflectante, un brillo conocedor.

»—Bueno —me dijo orgulloso—, ¿ha visto usted una estampa más bella? La precisión y la claridad con que cada detalle resalta. Yo mismo comparé la lámina con el ejemplar de Dresde, pero aquel era muy apagado y opaco. ¡Y qué pedigrí tiene! Aquí —le dio la vuelta a la lámina y me señaló con la uña un lugar específico en el dorso de la página en blanco con una precisión exacta, de modo que instintivamente miré a ver si las marcas aún se encontraban allí—, aquí tiene el sello de la colección Nagler, aquí la de Remy y Esdaile; estos ilustres propietarios tampoco se figuraron que su lámina alguna vez acabaría en esta humilde morada.

»Me recorrió un escalofrío por la espalda mientras el desavisado anciano acariciaba con tanto entusiasmo una lámina completamente vacía. Y es que era estremecedor ser testigo de la precisión milimétrica con la que señalaba con la uña todos los sellos invisibles de coleccionistas anteriores que no existían más que en su mente. Se me cerró la garganta del pavor y no supe qué contestarle, pero, cuando levanté desconcertado la vista hacia madre e hija, volví a encontrarme con que la temblorosa y alterada mujer me mostraba las manos juntas en ademán suplicante. Recuperé la compostura y empecé con la representación de mi papel.

»—¡Increíble! —logré tartamudear por fin—. Una estampa extraordinaria.

»Y, de inmediato, se le iluminó todo el rostro por el orgullo.

»—Pues esto no es nada —anunció con voz triunfante—, tiene que ver la *Melancolía* o la *Pasión*, un ejemplar iluminado del que apenas existe otro de la misma calidad. Mire aquí —y, de nuevo, acercó el dedo a una obra imaginaria—, esa frescura, ese tono granulado y cálido. ¡Conseguiría poner Berlín patas arriba, con todos sus caballeros marchantes y sus doctores en museología!

»Y así continuó su acelerado y verborreico discurso triunfal durante dos largas horas. No, no puedo ocultarle lo espeluznante que era contemplar aquellos cien o doscientos pedazos de papel vacíos o sórdidas reproducciones que, sin embargo, en el recuerdo de aquel inocente eran tan increíbles que enaltecía y describía hasta el más mínimo detalle en un orden perfecto sin cometer ningún fallo: la colección invisible, que hacía mucho tiempo se había tenido que dispersar a los cuatro vientos, para aquel hombre ciego, para aquella persona conmovedoramente embaucada, todavía seguía siendo auténtica, y la pasión de esa alucinación era tan abrumadora que casi yo también empecé a creérmelo. En una sola ocasión, el riesgo de un despertar interrumpió temiblemente la seguridad sonámbula de su entusiasmo contemplativo: ante la *Antíope* de Rembrandt (una prueba de impresión que, a buen seguro, debía de tener un valor incalculable), volvió a alabar la nitidez del grabado, y lo recorrió con su dedo alteradamente perspicaz y, al trazar con cariño la línea del grabado, sus desarrolladas terminaciones nerviosas del tacto notaron las hendiduras en la lámina desconocida. Entonces, de pronto, se le ensombreció la frente y le tembló la voz:

»—Esta es... ¿esta es de verdad *Antíope*? —murmuró, un poco turbado, ante lo que me puse en marcha de inmediato, le tomé con presteza la famosa lámina de entre las manos y yo mismo describí entusiasmado hasta el más mínimo detalle de aquel aguafuerte que también existía para mí.

»Aquello volvió a relajar la expresión insegura

que había adoptado el ciego. Y cuanto más alababa el grabado, más se le iluminaban una jovial efusión y una ternura ingenua y alegre en aquel hombre consumido y nudoso.

»—He aquí alguien que sabe de lo que habla —se alborozó, volviéndose triunfante hacia su familia—. Por fin, por fin alguien del que también oís el valor que tienen mis láminas. De mí siempre os habéis burlado suspicaces porque invertí todo el dinero en mi colección: eso es cierto, en sesenta años no ha habido ni una sola cerveza, ni un solo vino, ni tabaco, ni viajes, ni teatro, ni libros porque no paré de ahorrar y ahorrar para estas láminas. Pero ya lo veréis cuando yo no esté: después os haréis ricas, más ricas que cualquiera en esta ciudad, más ricas que los más ricos de Dresde y, entonces, os alegraréis de mi locura. Porque, mientras yo viva, no saldrá ni una sola lámina de esta casa: primero tendrán que enterrarme antes de sacar de aquí mi colección.

»Y, con estas palabras, pasó la mano con cariño por encima de las carpetas hacía tiempo vaciadas, igual que si lo hiciera sobre algo viviente. Me resultaba espantoso, aunque, al mismo tiempo, conmovedor, pues a lo largo de todos los años de guerra no había visto una expresión de felicidad tan perfecta ni tan pura en el rostro de un alemán. Junto a él se encontraban en pie las dos mujeres, misteriosamente parecidas a las figuras femeninas del grabado del maestro alemán que van a visitar la tumba del Redentor. Allí se encuentran con la bóveda vacía y forzada y adoptan una expresión de sobresalto temeroso a la vez que experimentan un éxtasis creyente y felicidad por el milagro. Al igual que la imagen de aquellas devotas ante el presentimiento celestial de hallarse ante el Redentor, aquellas dos pequeñoburguesas pobres, desmoralizadas y avejentadas irradiaban la misma felicidad beatífica infantil del buen hombre, medio riendo, medio llorando, una estampa como nunca antes había visto. Sin embargo, el anciano no se contentaba con mi elogio, seguía acumulando y pasando las láminas, devorando ávidamente cada una de mis palabras: fue un descanso para mí cuando, por fin, dejó a un lado las engañosas carpetas y, contra su voluntad, tuvo que despejar la mesa para el café. Sin embargo, ¡qué poca importancia tenía mi culpable suspiro de alivio frente a la tumultuosa y superlativa felicidad, frente a la alegría desbordante de un hombre que acababa de rejuvenecer treinta años! Contó mil anécdotas de sus adquisiciones y hallazgos, pataleando, rechazando cualquier ayuda, una y otra vez, para sacar una u otra lámina. Parecía ebrio y envalentonado tras beber vino. Cuando por fin le dije que tenía que despedirme, casi se espantó, se puso malhumorado como un niño testarudo y pataleó obstinado con los pies: ¡eso no podía ser! ¡Pero si apenas había visto la mitad! Y las dos mujeres tuvieron serias dificultades para hacerle comprender su testaruda frustración ante el hecho de que no pudiera retenerme más tiempo, porque, si no, perdería el tren.

»Cuando por fin se doblegó tras una resistencia pesimista y pasamos a despedirnos, la voz se le volvió muy suave. Me tomó ambas manos y me acarició cariñoso con los dedos hasta las muñecas con toda la expresividad de un ciego, como si quisiera saber más de mí y expresarme más afecto de lo que alcanzan las palabras.

»—Su visita me ha provocado una gran, grandísima alegría —empezó a decirme con una atribulada emoción que le salía de dentro y que no olvidaré jamás—. De verdad que ha hecho usted una buena obra conmigo porque por fin, por fin, por fin he podido volver a repasar mis queridísimas láminas con un experto. Sin embargo, verá que no ha venido a ver en vano a este anciano ciego. Le prometo aquí y ahora ante mi esposa como testigo que voy a introducir una disposición adicional en mi testamento para que sea su venerable casa la que se encargue de subastar mi colección. Debe usted gozar del honor de administrar este tesoro desconocido cuando llegue el día en que tenga que dispersarse por el mundo —dijo apoyando afectuosamente la mano sobre las carpetas esquilmadas—. Tan solo prométame que elaborará un hermoso catálogo: ese será mi epitafio, no necesito nada mejor.

»Miré a la esposa y a la hija; ambas estaban allí de pie, muy juntas, y, de tanto en tanto, se propagaba un estremecimiento de la una a la otra, como si ambas formaran un solo cuerpo que vibrara con fuerza en una conmoción unánime. Yo mismo me sumí en un estado solemne, pues aquel conmovedor inocente me estaba confiando su colección invisible, desmantelada hacía ya mucho tiempo, como si fuera un gran tesoro. Enternecido, le prometí lo que jamás podría cumplir; de nuevo volví a vislumbrar una lucecilla en las estrellas de sus ojos inertes, me di cuenta de que su anhelo trataba, desde el interior, de percibirme de verdad: lo noté en su ternura y en la cariñosa presión de sus dedos que sostenían los míos con gratitud y compromiso.

»Las mujeres me acompañaron a la puerta. No se atrevían a hablar porque la agudeza auditiva de él hubiera oído cada palabra, pero ¡qué cálidas eran sus lágrimas!, ¡cómo les brotaban de los ojos que refulgían llenos de gratitud! Muy aturdido, bajé las escaleras a tientas. En realidad, me avergonzaba: allí había entrado yo en la morada de aquella pobre gente como el ángel del cuento, había hecho ver a un pobre durante una hora, había prestado mi ayuda en un engaño benévolo y había mentido sin vergüenza, yo, que en realidad había acudido en calidad de mezquino mercachifle con el fin de arrebatarle ingeniosamente unas cuantas piezas de gran valor. Lo que me llevaba conmigo, sin embargo, era más valioso: había presenciado en mis carnes de nuevo un apasionamiento puro en una época apática y sombría, una suerte de éxtasis iluminador por el arte que nuestra gente parece haber desaprendido hace tiempo. Y me hizo sentir honrado —no puedo decir otra cosa—, incluso aunque siguiera avergonzándome sin saber realmente por qué.

»Pronto me encontré en la calle, entonces tintineó una ventana en la planta de arriba y oí que me llamaban por mi nombre: el anciano no había podido evitar seguirme con su mirada ciega en la dirección en la que suponía que me había marchado. Se inclinaba tanto hacia afuera que las dos mujeres tuvieron que sostenerlo por precaución mientras agitaba un pañuelo.

»—¡Que tenga buen viaje! —exclamó con la voz alegre y fresca de un muchacho.

»La estampa me resultó inolvidable: aquel semblante feliz del abuelo de cabellos blancos allá arriba en la ventana, flotando en lo alto sobre todas las personas ocupadas, apresuradas y malhumoradas que pasaban por la calle, suavemente suspendido sobre nuestro mundo repugnante y verdadero en la nube blanca de un delirio benévolo. Y no pude evitar pensar de nuevo en aquellas antiguas palabras que tanta verdad encerraban, creo que fue Goethe quien las pronunció: "Los coleccionistas son gente feliz".

Mendel, el de los libros

De nuevo en Viena, volviendo a casa de una visita a los distritos de las afueras, me sorprendió inesperadamente un chaparrón que, con sus húmedos latigazos, perseguía veloz a la gente que se metía bajo los portales de las casas y otros refugios, y yo mismo también busqué a toda prisa cobijo donde guarecerme. Por fortuna, en Viena hay un café en cada esquina, así que me precipité a entrar en el que se encontraba justo enfrente, con el sombrero goteando y los hombros totalmente empapados. Por dentro, resultó ser el típico café de la periferia, de aspecto casi sintético, sin los objetos falsos que imitaban las salas de baile de Alemania y que tan de moda estaban en el centro de la ciudad; un café destinado a la antigua burguesía vienesa, repleto de gente corriente que consumía más periódicos que bollería. En ese momento, cerca del atardecer, el ambiente ya de por sí sofocante estaba cargado de anillos de humo azules, pero aquel café, sin embargo, parecía limpio, con sus sofás de terciopelo visiblemente nuevos y su caja registradora de reluciente aluminio. Con las prisas, no me había tomado la molestia de fijarme en el nombre del establecimiento, ¿para qué? Y entonces me senté resguardado y contemplé impaciente a través de la cristalera empapada de azul, preguntándome cuándo tendría a bien aquella fastidiosa lluvia trasladarse unos cuantos kilómetros.

Desocupado, pues, allí me senté y empecé a sumirme en aquella pasividad apática que fluye invisible como un narcótico por todos los verdaderos cafés vieneses. Con esa sensación vacía observé una por una a las personas a las que la luz artificial de aquel espacio ahumado les sombreaba de un gris insalubre el contorno de los ojos, contemplé a la señorita en la caja, que le entregaba maquinalmente al camarero los azucarillos y las cucharillas para cada taza de café; leí medio dormido y sin darme cuenta los anodinos carteles que colgaban de las paredes, y esa especie de atontamiento me sentó casi bien. Pero, de repente, una tensión me sacó de mi semisomnolencia de una extraña manera, un movimiento interno que comenzó a inquietarme vagamente, como cuando nos da un leve dolor de muelas y no sabemos si procede de la izquierda, de la derecha, o del maxilar superior o inferior; solo sentía una tensión apagada, una intranquilidad espiritual. Entonces, de pronto —no habría podido decir cómo— fui consciente de que debía de haber pasado por allí alguna vez hacía años y que guardaba ciertos recuerdos de aquellas paredes, aquellas sillas, aquellas mesas y aquella sala desconocida y llena de humo.

Sin embargo, cuanto más forzaba la voluntad por asir los recuerdos, más se me escapaban maliciosos y resbaladizos, como una medusa iluminándose indecisa en el fondo más profundo de mi conciencia sin poder alcanzarla ni atraparla. Infructuosamente, clavé la vista en cada objeto del establecimiento; sin duda, algunos no los reconocía, como, por ejemplo, la caja registradora con sus tintineantes teclas automáticas, ni tampoco el revestimiento marrón de la pared de madera de palisandro de imitación; todo eso debía haberse instalado más tarde. Eso sí, yo había estado alguna vez allí hacía veinte años o más, allí se había quedado algo adherido, camuflado en lo invisible como un clavo en la madera, algo de mi propio yo que había dejado atrás hacía tiempo. Con violencia desperecé y afiné todos mis sentidos para inspeccionar la estancia y, al mismo tiempo, me revisé a mí mismo y, aun así, ¡maldita sea!, no lograba aprehender ese recuerdo desaparecido, ahogado en mi interior.

Me irritó como uno se irrita cuando algún fallo le hace caer en la cuenta de la insuficiencia y la imperfección de sus fuerzas mentales. Eso sí, seguí sin perder la esperanza de recuperar aquel recuerdo. Sabía que solo me hacía falta sujetarme a un minúsculo gancho, pues mi memoria es particular, buena y mala al mismo tiempo. Por un lado, es terca y tozuda, pero también indescriptiblemente fiel. Absorbe todo lo importante, tanto acontecimientos como rostros, tanto leídos como experimentados, a menudo guardándolos en sus rincones más oscuros, y no suelta nada de ese inframundo sin coerción, solo lo hace por invocación de la voluntad. Sin embargo, únicamente me basta un fugaz punto de apoyo al que agarrarme —una tarjeta postal, un par de trazos en el sobre de una carta, una ajada página de periódico— y, de inmediato, vuelve a estremecerse lo olvidado, como un pez en el anzuelo, lleno de vida y palpitante, saliendo a la oscura superficie líquida. Conozco cada detalle de una persona, su boca y, dentro de ella, el hueco de un diente a la izquierda cuando sonríe, y la cadencia quebradiza de su risa y cómo se le estremece el bigote y cómo se le destacan unas nuevas facciones al reírse... entonces lo veo todo de inmediato en una imagen completa y recuerdo cada palabra que ese hombre me ha dicho, por muchos años que hayan pasado. Eso sí, para ver y percibir con todos los sentidos el pasado, necesito un estímulo sensorial, una minúscula ayuda de la realidad. Así pues, cerré los ojos para poder meditar con más intensidad, para dar forma a ese misterioso anzuelo y hacerme con él. ¡Pero nada! ¡Nada otra vez! ¡Enterrado y olvidado! Y así, me enfurecí por este aparato memorístico mío, malo y caprichoso, que guardo entre las sienes y habría podido golpearme con los puños en la frente, igual que cuando sacudimos una máquina expendedora estropeada que retiene ilegítimamente lo que le hemos solicitado. No, ya no podía seguir sentado tan tranquilo durante más tiempo, pues me había acalorado por aquel fracaso interno, así que me puse en pie por puro enfado para tomar el aire. Pero, inusitadamente, en cuanto di los primeros pasos por el local, empezó a centellear y a chispear en mi interior ese primer esclarecimiento fosforescente. Me acordé de que, a la derecha de la caja, se llegaba a una sala sin ventanas, solo iluminada por luz artificial. Y, en efecto, estaba en lo cierto. Allí se encontraba, con un papel pintado en la pared distinto al que había antes, pero con las mismas proporciones exactas, aquella sala trasera cuadrangular de contornos difusos: la sala de juegos. Miré a mi alrededor instintivamente a todos y cada uno de los objetos con un nerviosismo vibrante por la alegría (presentía que pronto lo sabría todo). Dos mesas de billar haraganeaban como silenciosas charcas de fango reverdecido, en las esquinas estaban ubicadas las mesas de juegos, y, en una de ellas, jugaban al ajedrez dos altos funcionarios o catedráticos de universidad. Y en la esquina justo al lado de la estufa de hierro, por donde se accedía a la cabina telefónica, había una mesita cuadrada. Y entonces fue cuando me vino todo a la cabeza como un relámpago. Lo supe rápida, muy rápidamente con una única sacudida estremecedora, dichosa y cálida: ¡Dios mío, aquel era el sitio de Mendel, Jakob Mendel, Mendel, el de los libros!, y, después de veinte años, había ido a parar allí, a su cuartel general, en el Café Gluck, en la parte alta de la Alserstraße. Jakob Mendel, ¿cómo podría haberlo olvidado durante un tiempo tan inconcebiblemente largo, a aquella persona extraordinaria, a aquel hombre asombroso, a aquella extravagante maravilla del mundo, famoso en la universidad y en un pequeño círculo que lo reverenciaba...? ¿Cómo podría haberlo extraviado del recuerdo a él, mago y marchante de libros que se sentaba allí todos los días sin interrupción desde la mañana hasta la noche, un monumento emblemático del conocimiento? ¡Gloria y orgullo del Café Gluck!

Y solo me hizo falta dirigir la mirada hacia el interior durante un segundo para que, tras los párpados cerrados, se me formara al instante en una representación de sangre iluminada su inconfundible y plástica silueta. Lo vi de inmediato allí, en persona, donde siempre estaba sentado ante la mesita cuadrada con un tablero compuesto por una placa de mármol de un gris sucio, siempre sobrecargada de libros y otros textos. Cómo se sentaba allí inmóvil e inmutable, con la mirada tras sus anteojos hipnóticamente fija en un libro, cómo se sentaba allí, tarareando y murmurando mientras leía y mecía adelante y atrás el cuerpo y la calva manchada y mal pulida, una costumbre que le venía desde el *jéder*, la escuela infantil judía del este. Allí, en esa mesa, y solo allí, leía sus catálogos y libros, igual que le habían enseñado a leer en la escuela talmúdica, cantando en voz baja y meciéndose, una cuna oscura y oscilante. Porque, al igual que un niño cae en el sueño y el mundo se desvanece con ese movimiento rítmico de acá para allá, también, según la opinión de aquellos devotos, el espíritu entra con más facilidad en la gracia de la concentración gracias al mecerse y balancearse del cuerpo ocioso. Y, de hecho, este Jakob Mendel no veía ni oía nada de todo aquello que tenía a su alrededor. Junto a él, metían ruido y alborotaban los jugadores de billar, corrían los marcadores, tintineaba el teléfono, fregaban el suelo, caldeaban la estufa y Mendel no se daba cuenta de nada. En una ocasión, una brasa ardiendo saltó de la estufa, el parqué empezó a churruscarse y a humear a dos pasos de él, hasta que otro cliente se percató del hedor infernal y se apresuró a extinguir la humareda; sin embargo, él, Jakob Mendel, que se encontraba a tan solo dos pulgadas y se hallaba envuelto por el humo, no se había percatado de nada. Era porque leía como otros rezan, como los jugadores juegan y como los borrachos miran atontados fijamente al vacío; él leía con un ensimismamiento tan conmovedor que, desde entonces, cualquier otra persona leyendo me ha parecido siempre profana. En ese menudo marchante de libros procedente de Galizia que era Jakob Mendel, había visto yo de joven por primera vez el gran misterio de la absoluta concentración que define a artistas y a eruditos, a los auténticos sabios y a los locos de atar, esa trágica felicidad e infelicidad de la obsesión absoluta.

Me condujo hasta él un compañero de la universidad mayor que yo. En esa época, yo investigaba con poca fortuna sobre Mesmer, el médico paracélsico y magnetista hasta hoy muy poco conocido, pues las obras relacionadas con él resultaron no ser suficientes, y el bibliotecario al que yo, novato ingenuo, le había solicitado información, me indicó antipático que las referencias bibliográficas eran cosa mía, no suya. Entonces fue cuando aquel compañero me mencionó por primera vez su nombre:

—Te acompaño a ver a Mendel —me prometió—; él lo sabe todo y lo consigue todo, te facilita hasta el libro más remoto en manos del anticuario alemán más olvidado. Es el hombre más capaz de

Viena y, por añadidura, es un espécimen original, un bibliosaurio procedente de tiempos pasados perteneciente a una especie en peligro de extinción.

Así pues, acudimos los dos al Café Gluck y, allí estaba él, Mendel, el de los libros, con sus anteojos, de barba descuidada, vestido de negro y meciéndose mientras leía, como un arbusto oscuro moviéndose al viento. Nos acercamos y no se dio cuenta. Se limitaba a estar allí sentado y a leer y a mecer el tronco como una pagoda adelante y atrás sobre la mesa y, tras él, colgaba de un gancho su paletó negro y desgastado, también lleno a rebosar de revistas y papeleo. Para anunciar nuestra presencia, mi amigo carraspeó con fuerza. Sin embargo, Mendel, con las gruesas gafas pegadas al libro, siguió sin percatarse. Al final, mi amigo dio unos golpes sobre el tablero de la mesa también con tanta fuerza y sonoridad como quien llama a una puerta. Aquello sobresaltó por fin a Mendel, que se levantó hacia la frente las voluminosas gafas de montura de acero con un movimiento brusco y mecánico y, bajo las encrespadas cejas gris ceniciento, se clavaron en nosotros dos ojos singulares, unos ojos pequeños, oscuros y despiertos, vivaces, penetrantes y veloces como una lengua de serpiente. Mi amigo me presentó y yo le expliqué mi petición, para lo cual, primero, usé una treta por recomendación expresa de mi amigo: me quejé, aparentemente irritado, del bibliotecario que no había querido proporcionarme ninguna información. Mendel se reclinó en su asiento y escupió con cuidado. Luego emitió una risa breve y habló con una marcada jerga oriental:

—No quiso, ¿eh? No, ¡no hubiera podido! Un *parch*, eso es lo que es, un asno apaleado de pelo cano. Lo conozco desde hace sus buenos veinte años, ¡vaya por Dios!, pero desde entonces no ha aprendido nada de nada. Embolsarse el salario, ¡eso es lo único de lo que es capaz! A cargar ladrillos deberían dedicarse esos señores doctores, en lugar de sentarse entre los libros.

Con aquel contundente desahogo de todo corazón se rompió el hielo y, con un amable movimiento de la mano, me invitó a sentarme por primera vez ante su mesa cuadrada de mármol sobrecargada de anotaciones, aquel altar de revelaciones bibliófilas desconocido para mí hasta ese momento. Le expliqué apresuradamente lo que deseaba: las obras contemporáneas sobre magnetismo, además de todos los últimos libros y polémicas a favor y en contra de Mesmer. En cuanto hube terminado, Mendel cerró durante un segundo el ojo izquierdo, como un tirador antes de disparar. Eso sí, en realidad, aquel gesto de concentración profunda tan solo duró un instante; después, de inmediato, enumeró sin parar, como si estuviera leyendo un catálogo invisible, dos o tres decenas de libros, cada uno de ellos con su lugar de publicación, el año y el precio aproximado. Me quedé estupefacto. Aunque estaba preparado, no me lo esperaba. Eso sí, mi asombro pareció complacerle, pues de inmediato siguió interpretando en el teclado de su memoria las paráfrasis bibliotecarias más maravillosas acerca de mi tema. ¿Acaso quería saber también algo sobre sonambulismo y sobre los primeros experimentos con hipnosis y sobre Gassner, los exorcismos y la ciencia cristiana y Madame Blavatsky? Una vez más, me lanzó una lluvia de nombres, títulos y descripciones; en ese momento comprendí qué extraordinario portento de la memoria me había encontrado en Jakob Mendel, una verdadera enciclopedia, un catálogo universal con patas. Aturdidísimo, miré fijamente a aquel fenómeno bibliográfico dentro del caparazón poco agraciado e incluso algo grasiento de ese menudo marchante de libros procedente de Galizia que, tras haberme recitado de corrido unos ochenta nombres con aparente indiferencia, pero internamente satisfecho por el as en la manga que acababa de sacar, se puso a limpiarse las gafas con un pañuelo de bolsillo que en su día tal vez había sido blanco. Para enmascarar un poco mi asombro, le pregunté titubeante cuáles de esos libros podría conseguirme.

—Bueno, ya veremos lo que se puede hacer —gruñó—. Vuelva usted mañana y, mientras tanto, servidor algo le conseguirá y lo que no se encuentre en un sitio, se encontrará en otro. Cuando uno tiene *séjel*, también goza de suerte.

Se lo agradecí respetuosamente y, a continuación, por puro respeto, cometí una grave torpeza, pues le propuse anotar en un pedazo de papel los títulos de los libros que deseaba. En ese mismo instante, noté un codazo de advertencia de mi amigo. ¡Demasiado tarde! Mendel ya me había fulminado con la mirada, ¡y qué mirada! Una mirada al mismo tiempo triunfal y ofendida, una mirada burlona y de superioridad, una mirada casi regia, la mirada shakespeariana de Macbeth cuando Macduff le impone al héroe invencible que se entregue sin oponer resistencia. Luego volvió a soltar una carcajada breve y su gran manzana de Adán le glugluteó en la garganta, arriba y abajo, de un modo peculiar, casi como si se hubiera tragado con esfuerzo una grosería. Y hubiera llevado razón al espetarme cualquier ordinariez imaginable, el bueno y honrado Mendel, el de los libros; puesto que solo un extraño, un ignorante (un *amhorez*, como él diría) podría soltarle una desfachatez tan ultrajante, a él, Jakob Mendel, anotarle a él, Jakob Mendel, el título de un libro como a un aprendiz de librero o ayudante de bibliotecario, como si ese cerebro libresco sin parangón, de puro diamante, hubiera necesitado alguna vez de un recurso tan burdo. Solo más tarde comprendí hasta qué punto debía de haber desairado su atípico genio con aquella respetuosa oferta; pues Jakob Mendel, aquel judío de Galizia, menudo, arrugado, totalmente envuelto en su barba, además de jorobado, era un titán de la memoria. Tras aquella frente calcárea, sucia y totalmente invadida de musgo grisáceo guardaba en un estante mental invisible, como grabados en acero fundido, todos los nombres y títulos que se hubieran impreso en la portada de un libro. De un primer vistazo, conocía cada obra, ya se hubiera publicado ayer o hace doscientos años, su lugar de publicación, su autor, su precio, si era nueva o estaba descatalogada, y, al mismo tiempo, de cada libro, recordaba con una visión sin fallo su cubierta, sus ilustraciones y sus facsímiles, veía cada obra, al margen de si la había tenido entre sus manos o si la había divisado de lejos alguna vez en un escaparate o una biblioteca, con la

misma claridad óptica con la que un artista promete-
dor ve en su fuero interno representaciones aún invisibles para el resto del mundo. Por ejemplo, recordaba de inmediato cuando un libro estaba en oferta
por seis marcos en el catálogo de un anticuario de
Ratisbona, qué otro ejemplar del mismo libro se había adquirido por seis coronas en una subasta en
Viena dos años antes y, simultáneamente, también se
acordaba del comprador. No, Jakob Mendel jamás
olvidaba un título, una cifra, conocía cada planta,
cada infusorio y cada estrella en el cosmos eternamente agitado y permanentemente ajetreado del
universo de los libros. En cada especialidad sabía
más que los propios expertos, dominaba las bibliotecas mejor que los bibliotecarios, conocía de memoria
las existencias de la mayoría de las empresas mejor
que sus propietarios, a pesar de sus fichas y archivos,
mientras que él solo disponía de su magia retentiva,
esa incomparable memoria a la que en realidad solo
puede darse explicación mediante cientos de ejem-
plos distintos. Desde luego, esa memoria tan diabó-
licamente infalible solo podía haberse instruido y
modelado a través del secreto eterno de cualquier
cosa perfecta: mediante la concentración. Más allá
de los libros, este hombre extraordinario no sabía
ninguna otra cosa del mundo; pues todo fenómeno
de la existencia se iniciaba para él verdaderamente
cuando se había vertido en tipos de imprenta, cuando se había recogido en un libro y, por así decirlo, se
había esterilizado. Sin embargo, tampoco leía aquellos libros por su significado o por su contenido intelectual y narrativo: solo le entusiasmaba el autor, el

precio, el aspecto exterior y la portada. Esta memoria de anticuario especializado de Jakob Mendel, a fin de cuentas, improductiva y falta de creatividad, constituía un mero directorio de cientos de miles de entradas de títulos y nombres marcados en el blando córtex cerebral de un mamífero, en lugar de escritas en un catálogo bibliográfico, y, sin embargo, en su excepcional perfección como fenómeno, no era inferior a la de Napoleón para recordar fisonomías, la de Mezzofanti para las lenguas, la de Lasker para las aperturas en ajedrez o la de Busoni para la música. Empleado en un departamento universitario o en algún puesto público, este cerebro habría instruido y asombrado a miles y cientos de miles de estudiantes y eruditos; habría sido fructífero para las ciencias y de un provecho incomparable para cualquiera de los tesoros públicos que llamamos bibliotecas. Pero ese mundo elevado estaba cerrado a perpetuidad para aquel pequeño marchante de libros procedente de Galizia que no había recibido educación alguna más allá de haber superado la escuela talmúdica; por esta razón, sus fantásticas capacidades solo podían tener cabida como ciencia oculta en aquella mesa de mármol del Café Gluck. A pesar de todo, el día que surja un gran psicólogo (cuya obra aún no existe en nuestro mundo intelectual) que, perseverante y paciente, al igual que Buffon clasificó y organizó la especies y variantes animales, describa una por una las variedades, especies y formas primitivas del poder mágico que denominamos memoria y exponga sus distintas variantes, tendrá que rendir homenaje a Jakob Mendel, este genio de los precios y de los títulos, este maestro anónimo de la ciencia de los anticuarios.

No obstante, por su actividad y de cara a los desinformados, Jakob Mendel no era más que un pequeño comerciante de libros. Todos los domingos se publicaban en el *Neue Freie Presse* y el *Neues Wiener Tagblatt* los mismos anuncios por palabras: «Compro libros viejos, pago los mejores precios, atención inmediata, Mendel, parte alta de la Alserstraße», y luego aparecía un número de teléfono que, en realidad, era el del Café Gluck. Ayudado por un viejo sirviente que lucía una barba imperial, husmeaba en los almacenes y cargaba con el botín de la semana hasta su cuartel general y otra vez de vuelta, pues carecía de permiso para abrir una librería común y corriente. Y así, no dejó de ser un pequeño comerciante con una ocupación poco rentable. Los estudiantes le vendían sus libros de texto, por sus manos pasaban los de la promoción anterior a los del curso más joven; además, por un módico suplemento, facilitaba y conseguía cualquier obra que se estuviera buscando. En su caso, los buenos consejos salían baratos. Sin embargo, el dinero no tenía cabida dentro de su mundo; pues jamás se le había visto vestido con otra cosa que la misma chaqueta raída, por la mañana, por la tarde y por la noche tomándose su leche y dos panecillos, y a mediodía comiéndose alguna cosita que le traían de un restaurante cercano. No fumaba, no jugaba, casi podría decirse que no vivía, solo vivían sus ojillos tras las gafas, que alimentaban sin cesar con palabras, títulos y nombres el cerebro de aquella enigmática criatura. Y la materia blanda y fértil se empapaba ávidamente de esa abundancia como un prado se empapa de las miles y miles de gotas de lluvia que caen sobre él. Las personas no le interesaban y de todas las pasiones humanas conocía tal vez solo una, desde luego, la más humana de todas: la vanidad. Cuando alguien acudía a él para solicitar información, después de haberse cansado de buscar en cientos de lugares, y él podía ofrecer información a las primeras de cambio, solo eso le servía como satisfacción, como placer, y tal vez también que en Viena y fuera de ella vivieran un par de decenas de personas que veneraban sus conocimientos y hacían uso de ellos. En cada caótico conglomerado de millones de personas a los que llamamos grandes ciudades, siempre hay diseminados en unos pocos puntos pequeñas facetas concretas que reflejan en superficies diminutas uno y el mismo universo, invisible para la mayoría, pero preciado para los conocedores, hermanados en su entusiasmo. Y esos conocedores de los libros sabían todos y cada uno de ellos de Jakob Mendel. Del mismo modo que si alguien deseaba obtener consejo acerca de una partitura musical, acudía a Eusebius Mandyczewski en la Sociedad de Amigos de la Música, que estaba allí sentado, cordial, con su gorrito gris en medio de sus informes y notas y, con el primer vistazo, resolvía sonriente los problemas más complicados; del mismo modo que hoy todavía cualquiera que necesite explicaciones sobre el teatro y la cultura vieneses tradicionales se dirige sin falta al omnisciente padre Glossy; del mismo modo y con la misma naturalidad confiada, los devotos bibliófilos vieneses peregrinaban al Café Gluck para ver a Jakob Mendel tan pronto como tenían delante un hueso duro de roer. Ver a Mendel durante aquellas consultas me producía, joven y curioso como era, un gozo particular. Por lo general, si le presentaban un libro menor, cerraba despectivo las tapas y se limitaba a murmurar:

—Dos coronas.

Sin embargo, ante alguna rareza o ejemplar único, se reclinaba respetuoso, le colocaba una hoja de papel debajo y se veía que, de repente, se avergonzaba de sus dedos sucios, tintados y con las uñas negras. Después empezaba a hojear aquel libro raro página a página con cariño, con cuidado y con una inmensa admiración. Durante aquellos segundos nadie podía importunarlo, de igual manera que tampoco debe interrumpirse a un verdadero creyente durante sus oraciones y, de hecho, cada una de estas acciones individuales, aquel mirar, tocar, oler y sopesar, tenía algo de ceremonial, de sucesión dictada por el culto de un ritual religioso. Con la espalda encorvada se balanceaba de acá para allá, murmuraba y gruñía, se rascaba la cabeza, emitía interjecciones vocálicas de sorpresa, un dilatado, casi sobresaltado, «¡ah!» u «¡oh!» de admiración entusiasta y, de nuevo, un rápido y sobresaltado «¡ay!» o «¡caray!» cuando faltaba una página o una hoja había sido devorada por la carcoma. Por fin, sopesaba el grueso tomo respetuosamente en la mano, olisqueaba y husmeaba el indómito ejemplar con los ojos semicerrados no menos conmovido que una muchacha sentimental ante un narciso. Desde luego, durante este procedimiento algo engorroso, el propietario debía armarse de paciencia. Sin embargo, al terminar la inspección, Mendel proporcionaba de buena gana, de hecho, francamente entusiasmado, toda la información, que relacionaba con anécdotas indefectiblemente profusas y dramáticos informes sobre precios de ejemplares semejantes. Parecía volverse más lozano, joven y vivaz durante aquellos segundos y solo una cosa podía amargarle sin límites: cuando, por ejemplo, un neófito pretendía ofrecerle dinero por su valoración. Entonces retrocedía ofendido como si, al responsable de una galería de arte, un viajante estadounidense quisiera ofrecerle una propina por su explicación; pues tener un libro valioso en las manos significaba para Mendel lo mismo que para otros un encuentro con una mujer. Esos instantes eran sus noches de amor platónicas. Solo el libro, nunca el dinero, tenía ese poder sobre él. En vano trataron grandes coleccionistas, entre ellos, incluso el fundador de la Universidad de Princeton, contratarlo como asesor y comprador para su biblioteca: Jakob Mendel rehusó; era inconcebible imaginarlo en ningún otro lugar que no fuera el Café Gluck. Treinta y tres años atrás, con una suave barba negra lanosa y ensortijados tirabuzones en las sienes, era un mozalbete menudo y encorvado que llegó a Viena desde el este a estudiar para rabino, pero pronto abandonó al implacable Dios único Jehová para entregarse al politeísmo diverso y resplandeciente de los libros. Entonces fue cuando se topó por vez primera con el Café Gluck y, poco a poco, fue haciéndolo su taller, su cuartel general, su dirección postal, su mundo. De la misma manera que un astrónomo solitario en su observatorio astronómico contempla a través del minúsculo ocular redondeado del telescopio las miríadas de estrellas, sus misteriosas trayectorias, su desorden cambiante, su extinción y su reaparición, Jakob Mendel miraba a través de sus gafas ante aquella mesa cuadrada aquel otro universo de los libros, que también gira y renace eternamente, en ese mundo acerca de nuestro mundo.

Por supuesto, se le tenía en muy alta estima en el Café Gluck, cuya gloria estaba más vinculada a su cátedra invisible que al patrocinio del importante músico compositor de *Alcestes* e *Ifigenia*: Christoph Willibald Gluck. Mendel formaba parte del inventario al igual que la vieja caja registradora de madera de cerezo, las dos mesas de billar mal parcheadas y la cafetera de cobre, y su mesa se protegía como un santuario. Dado que el personal siempre instaba amablemente a su numerosa clientela y a aquellos que acudían a solicitarle información a que pidieran algo, la mayor parte de los beneficios de sus conocimientos en realidad acababan en el interior de la amplia bolsa de cuero apoyada en la cadera de Deubler, el jefe de camareros. Por este motivo, Mendel, el de los libros, gozaba de múltiples privilegios. Podía utilizar gratis el teléfono, le recogían el correo y le procuraban todo lo que pedía; la anciana y sumisa encargada de limpiar los aseos le cepillaba el abrigo, le cosía los botones y le llevaba a lavar todas las semanas un pequeño hatillo de ropa. Solo a él se le permitía encargar el almuerzo del mediodía al restaurante vecino y cada mañana el dueño, el señor

Standhartner, acudía en persona a su mesa para darle la bienvenida (aunque la mayor parte de las veces, Jacob Mendel, absorto en sus libros, no se percataba de dicho saludo). Entraba a las siete y media en punto de la mañana y abandonaba el local solo cuando se apagaban las luces. No hablaba jamás con el resto de los parroquianos, no leía ningún periódico, no se percataba de ningún cambio y cuando, en una ocasión, el señor Standhartner le preguntó cortésmente si no leía mejor bajo la nueva luz eléctrica que antes bajo el brillo trémulo y maciento de las lámparas de gas, contempló sorprendido las bombillas: a pesar del ruido y los martillazos necesarios para completar la instalación que se había prolongado durante varios días, ese cambio le había pasado totalmente desapercibido. Solo a través de los redondos orificios de sus gafas, aquellas dos lentes destellantes que se dedicaban a absorber y filtraban a su cerebro los miles de millones de flagelos negros de las letras, cualquier otro acontecimiento le resbalaba como ruido vacío. A decir verdad, había pasado más de treinta años, es decir, todas las horas de vigilia de su vida, allí solo en aquella mesa cuadrada leyendo, comparando, calculando, en una ensoñación prolongada e incesante, solo interrumpida por el momento en que se iba a dormir.

Por este motivo, me invadió una especie de terror cuando vi la oracular mesa de mármol de Jakob Mendel vacía como una lápida en aquella sala en penumbra. Ahora sí, con más edad, comprendía cuánto desaparecía con una persona como aquella. Primero, porque todo lo excepcional con el paso del tiempo se hace más preciado en nuestro mundo irremediablemente cada vez más uniforme. Y, además, el joven inexperto que yo era, a partir de una intuición más profunda, le tomó mucho cariño a aquel Jakob Mendel. En él, había estado cerca por primera vez del gran misterio de que aquello especial y todopoderoso en nuestra existencia solo se consigue mediante la síntesis interna, mediante una monomanía sublime y, desde una perspectiva divina, similar a la locura. Que una vida pura en espíritu, la abstracción total en una única idea, también hoy puede alcanzarse, una concentración que no es menor que la de un yogui indio o la de un monje medieval en su celda, sino que también puede obtenerse en un café con iluminación eléctrica junto a una cabina telefónica. Ese ejemplo lo había visto yo de joven de este pequeño marchante de libros perfectamente anónimo mucho más que de nuestros poetas contemporáneos. Y, aun así, había sido capaz de olvidarme de él —en efecto, habían sido años de guerra y yo mismo estaba inmerso en mi propio trabajo con una dedicación parecida a la suya—. Y, sin embargo, ante aquella mesa vacía sentí una especie de vergüenza por él y, al mismo tiempo, una curiosidad renovada.

¿Dónde estaría? ¿Qué le habría sucedido? Llamé al camarero y le pregunté. No, lo sentía, pero no conocía a ningún señor Mendel, ningún caballero con ese nombre frecuentaba el café. Eso sí, tal vez supiera decirme algo el jefe de camareros. Este aproximó su picuda barriga con pesadez, vaciló y reflexionó: no, tampoco él conocía a ningún señor Mendel. Pero ¿tal vez me refería al señor Mandl, el señor Mandl de la mercería en la Florianigasse? Me vino un sabor amargo a los labios, el sabor de la fugacidad: ¿para qué vivimos si el viento bajo nuestros zapatos se lleva hasta nuestra última huella? Durante treinta años, tal vez cuarenta, este hombre había respirado, leído, pensado y hablado en aquel espacio de unos cuantos metros cuadrados y solo debían de haber transcurrido tres o cuatro años, con el advenimiento del nuevo faraón ya nadie sabía ni una palabra de José y, en el Café Gluck, ya nadie sabía nada de Jakob Mendel, ¡Mendel, el de los libros! Casi furioso le pregunté al jefe de los camareros si podía hablar con el señor Standhartner o si no había alguien en el establecimiento perteneciente al personal anterior. Ay, el señor Standhartner, ¡oh, Dios mío!, había vendido el café hacía mucho tiempo, había fallecido, y el antiguo jefe de camareros ahora vivía en una cabaña cerca de Krems. No, ya no quedaba nadie... ¡o sí! Sí, claro. La señora Sporschil seguía estando allí, la encargada de los aseos (conocida vulgarmente como la mujer del chocolate). Eso sí, ella seguramente no recordaría a un cliente en concreto... Yo pensé de inmediato que a un hombre como Jakob Mendel no se le olvida y les pedí que la hicieran llamar.

Salió la señora Sporschil, con su cabello cano, desgreñada, acercándose a pasos un poco hidrópicos desde sus recónditos dominios de la parte trasera, mientras se frotaba apresuradamente con un paño las manos enrojecidas: era evidente que acababa de fregar su mortecino cuartucho o de limpiar las ventanas. A raíz de su comportamiento inseguro, me di cuenta de inmediato de que se sentía incómoda por haber sido llamada de repente a la parte delantera, bajo las grandes bombillas en la zona noble del café. La gente de Viena sospecha de inmediato en cuanto hay detectives y policías de por medio si a alguien lo quieren interrogar. Por eso, al principio, me contempló con desconfianza, observándome de arriba abajo, con una mirada oblicua muy cautelosa. ¿Qué podía yo querer de bueno de ella? Sin embargo, en cuanto pregunté por Jakob Mendel, me miró con los ojos fijos muy abiertos, verdaderamente brillantes, y alzó con un espasmo los hombros.

—¡Dios mío! ¡El pobre señor Mendel! ¡Alguien aún piensa en él! Sí, el pobre señor Mendel —dijo casi sollozando de la conmoción, como siempre sucede con las personas mayores cuando alguien les recuerda su juventud, o cualquier vínculo bueno ya olvidado.

Le pregunté si aún vivía.

—¡Oh, Dios santo! El pobre señor Mendel debe de llevar ya cinco o seis años muerto, no, siete años. Un hombre tan amable y bueno, y cuando pienso cuánto tiempo hace que lo conocía, más de veinticinco años, él ya estaba aquí cuando yo entré. Y fue toda una infamia cómo lo dejaron morir.

Se conmovió todavía más y me preguntó si era pariente suyo. Nunca había tenido a nadie que se encargara de él, nunca nadie que preguntara por él. ¿Acaso no sabía lo que le había pasado?

No, le aseguré que no sabía nada; tenía que contármelo, contármelo todo. La buena mujer me miró con recato y vergüenza mientras seguía frotándose las manos húmedas. Comprendí que le resultaba humillante, siendo la encargada de los aseos, con su bata sucia y sus cabellos blancos alborotados, estar allí de pie en medio de la sala principal, además de que miraba con miedo a izquierda y derecha, por si acaso algún camarero la escuchaba. Así pues, le propuse que fuéramos a la sala de juegos, al antiguo lugar ocupado por Mendel: allí podría informarme de todo. La anciana, emocionada, asintió, agradecida de que lo hubiera comprendido y, bamboleándose un poco, salió primero y yo fui detrás. Los dos camareros nos siguieron con la mirada y, boquiabiertos, percibieron que nos unía algún tipo de vínculo; también algunos clientes se quedaron sorprendidos por la pareja tan desigual que formábamos. Y al otro lado, en la mesa de Mendel, la señora Sporschil me contó acerca de la suerte corrida por Jakob Mendel, Mendel, el de los libros (de ciertos detalles adicionales me enteré más tarde por otra fuente).

Así pues, sí, según me contó, Mendel seguía viniendo como siempre, incluso después de que estallara la guerra, un día sí y otro también, justo a las siete y media, y se sentaba allí y se pasaba el día estudiando igual que siempre, sí, y todos tenían la sensación, y hablaban a menudo de ello, de que Mendel ni siquiera era consciente de que estaban en guerra. Me consta que nunca miraba los periódicos y jamás hablaba con nadie; pero incluso cuando los voceadores anunciaban con un griterío tremendo sus ediciones extra y todos los demás se arremolinaban alrededor de ellos, él jamás se levantó ni les prestó atención. Tampoco se percató de que ya no estaba

Franz, el camarero (que cayó en la ofensiva de Gorlice), y no supo que el hijo del señor Standhartner fue encarcelado en Przemyśl y jamás dijo ni una sola palabra de que el pan cada vez fuera más escaso y de que se vieran obligados a darle un mísero sucedáneo de café de higo en lugar de leche. Solo en una ocasión se sorprendió de que entonces acudieran tan pocos estudiantes, eso fue todo.

—Dios mío, pobre hombre, que no sentía alegría ni preocupación por otra cosa que no fueran sus libros.

Pero entonces, tuvo lugar la desgracia. A las once de la mañana, un día despejado, entró un gendarme acompañado por un agente de la policía secreta, mostró la insignia que llevaba en el ojal y preguntó si podía hablar con un tal Jakob Mendel. Después fueron juntos hasta la mesa de Mendel y él, inocente, creería que pretendían comprarle libros o preguntarle algo. No obstante, de inmediato lo conminaron a que fuera con ellos y se lo llevaron. Fue una auténtica vergüenza para el café, todo el mundo se congregó alrededor del pobre señor Mendel mientras estaba allí de pie entre los dos, con las gafas sobre la cabeza, mirando de acá para allá al uno y al otro sin saber bien qué querían en realidad de él. Sin embargo, ella les dijo *ipso facto* a los gendarmes que debía de haber alguna equivocación porque el señor Mendel no podría hacerle daño ni a una mosca; pero el agente de la policía secreta vociferó al instante que no debía inmiscuirse en los asuntos oficiales. Y después se lo llevaron y no regresó en muchísimo tiempo. Pasaron dos años. Aún hoy no sabía con certeza qué querían de él.

—Pero se lo juro —dijo agitada la anciana— que el señor Mendel no podía haber cometido ningún agravio. Pongo la mano en el fuego, se equivocaron con él. ¡Aquello fue un crimen contra un pobre hombre inocente! ¡Un crimen!

Y tenía razón la buena y conmovedora señora Sporschil. Nuestro amigo Jakob Mendel en realidad no había hecho nada malo, sino simplemente (más tarde me enteré de todos los detalles) había cometido una enternecedora estupidez muy improbable, sobre todo en aquellos irracionales tiempos que corrían, solo explicable por su absoluto ensimismamiento, por estar en la luna con respecto a su singular existencia. Había sucedido lo siguiente: el departamento de censura militar, en el que era obligatorio vigilar cualquier correspondencia con el extranjero, interceptó un día una tarjeta postal escrita y firmada por un tal Jakob Mendel correctamente franqueada con destino al extranjero, pero —caso insólito— dirigida a un país extranjero enemigo, una tarjeta postal dirigida a Jean Labourdaire, librero, París, Quai de Grenelle, al que el tal Jakob Mendel se quejaba porque no había recibido los últimos ocho números de la publicación mensual *Bulletin bibliographique de la France* a pesar de haber pagado con antelación su suscripción anual. El funcionario subalterno designado por el departamento de censura, un profesor de instituto, un romanista aficionado en sus ratos libres que había cambiado de ocupación para ponerse el uniforme azul de las tropas de reserva, se sorprendió cuando tuvo entre manos aquella correspondencia. Pensó que sería una broma estúpida. Entre las dos mil cartas que revisaba y examinaba todas las semanas con comunicaciones cuestionables e intercambios sospechosos de espionaje, hasta entonces no había pasado por sus manos un hecho tan absurdo que alguien en Austria enviara con tanta despreocupación una carta a Francia, que echara con toda tranquilidad al buzón de correos una carta dirigida a un país enemigo, como si las fronteras no estuvieran divididas por alambre de espino desde 1914 ¡y como si Francia, Alemania, Austria y Rusia no estuvieran menguando los unos a los otros su población masculina varios miles de hombres cada día creado por Dios! Por este motivo, al principio, metió en un cajón de su escritorio la tarjeta postal como curiosidad, sin informar a sus superiores de aquel absurdo. Pero, tras unas cuantas semanas, volvió a llegar una carta del mismo Jakob Mendel a un *bookseller* de nombre John Aldridge, Londres, Holborn Square, para ver si podía proporcionarle los últimos números de *The Antiquarian* y, de nuevo, iba firmada por el mismo curioso individuo Jakob Mendel, que, con una conmovedora ingenuidad, consignaba su dirección completa. Entonces el profesor de instituto ataviado de uniforme se sintió algo más estrecho en su casaca. ¿Se escondería al fin y al cabo algún enigmático mensaje cifrado tras aquella broma torpe? En cualquier caso, se puso en pie, entrechocó los talones y le colocó al comandante ambas cartas encima de la mesa. Este se encogió de hombros: ¡qué caso tan singular! Lo primero que hizo fue avisar a la policía de que tenía que averiguar si ese Jakob Mendel existía en realidad, y una hora más tarde, Jakob Mendel había sido detenido y, todavía tambaleándose por la sorpresa, fue llevado ante el comandante. Este le mostró las misteriosas tarjetas postales para que admitiera que el remitente era él. Agitado por el tono severo y, sobre todo, porque le habían interrumpido en mitad de la lectura de un catálogo importante, Mendel vociferó casi grosero que, por supuesto, había sido él quien había escrito esas cartas. ¡Cualquiera tenía derecho a reclamar una suscripción ya abonada! El comandante volvió su sillón hacia el teniente en la mesa contigua. Ambos cruzaron una mirada cómplice: ¡un loco de atar! Entonces el comandante se planteó si debía echarle una buena bronca a aquel idiota y expulsarlo o tomarse en serio el caso. Ante este tipo de asuntos no concluyentes, en casi todos los departamentos solía adoptarse la decisión de iniciar, en primer lugar, un protocolo. Un protocolo siempre está bien. No sirve para nada, no hace daño a nadie y únicamente se rellena una inútil hoja de papel más entre millones.

En este caso, sin embargo, por desgracia se dañó a un pobre hombre desprevenido, pues a la tercera pregunta Mendel reveló algo muy perjudicial. Primero se le preguntó su nombre: Jakob, o más bien, Jainkeff Mendel. Ocupación: vendedor ambulante (de hecho, no poseía una licencia de librero, solo un permiso de vendedor ambulante). La tercera pregunta fue la que desencadenó la catástrofe: lugar de nacimiento. Jakob Mendel mencionó un pequeño pueblo cerca de Piotrków. El comandante arqueó las cejas. Piotrków, ¿eso no se encontraba en la Polonia rusa, cerca de la frontera? ¡Sospechoso! ¡Muy sospechoso! Así pues, lo interrogó con mayor severidad sobre cuándo había obtenido la nacionalidad austríaca. Las gafas de Mendel lo contemplaron fijamente con una mirada sombría y extrañada: no llegaba a entenderlo. ¡Maldita sea! ¿Dónde tenía sus papeles, sus documentos, si es que los tenía? No llevaba encima ninguna otra cosa que su permiso de vendedor ambulante. Las arrugas de la frente del comandante se hicieron aún más pronunciadas. ¿Qué pasaba entonces con su nacionalidad?, eso era lo que tenía que aclarar de una vez por todas. ¿Su padre era austríaco o ruso? Jakob Mendel respondió con parsimonia que, naturalmente, su padre era ruso. ¿Y él? Ay, él, para no tener que hacer el servicio militar, treinta y tres años antes cruzó de contrabando la frontera rusa y, desde entonces, vivía en Viena. El comandante cada vez estaba más inquieto. Y en Viena, ¿cuándo había obtenido la nacionalidad austríaca? Mendel le preguntó que para qué; jamás se había preocupado por ese tipo de cosas. Así pues, ¿era ciudadano ruso? Y Mendel, al que aquel monótono interrogatorio hacía rato que le aburría, le contestó con indiferencia:

—Pues, de hecho, sí.

El comandante retrocedió sobresaltado con tanta brusquedad que su sillón emitió un crujido. ¡Así que era eso! Por Viena, la capital de Austria, en mitad de la guerra, a finales de 1915, tras Tarnów y la gran ofensiva, un ruso se paseaba tan tranquilo, escribía cartas a Francia e Inglaterra y la policía no se había preocupado de nada. Y, en esas circunstancias, se extrañaban los muy zopencos en los periódicos de que Conrad von Hötzendorf no hubiera conseguido avanzar hasta Varsovia y, en esas circunstancias, se sorprendían en el Estado Mayor de que cada movimiento de las tropas se transmitiera a Rusia mediante espías. El teniente también se había puesto en pie y se encontraba junto a la mesa: aquella conversación pronto se convirtió en una toma de declaración. ¿Por qué no se había presentado de inmediato como extranjero? Mendel, que seguía en la inopia, contestó con su cantarina jerga judía:

—¿Y para qué tendría que haberme presentado de inmediato?

Aquella respuesta en forma de pregunta el comandante se la tomó como un desafío y le preguntó amenazante si no había leído las notificaciones. ¡No! Que si no leía tampoco los periódicos. ¡No!

Ambos contemplaron a un Jakob Mendel que ya sudaba ligeramente por la confusión, como si la luna se hubiera desplomado en mitad de aquel despacho. Después retumbó el teléfono, chasquearon las teclas de las máquinas de escribir, se emitieron las ordenanzas correspondientes y Jakob Mendel fue entregado en la prisión del cuartel y evacuado a un campo de concentración con el siguiente transporte. Cuando le anunciaron que debía seguir a dos soldados, se quedó mirando sin comprender. No entendía qué querían de él, pero, en realidad, no sentía ninguna preocupación. ¿Qué maldad podía tener prevista para él el hombre con el cuello dorado y la voz áspera? En su elevado mundo de libros no había guerra ni malentendidos, sino solo el conocimiento eterno y el ansia por saber aún más de cifras y palabras, títulos y nombres. Así pues, se marchó de buen grado escalera abajo entre los dos soldados. Solo cuando la policía le sacó todos los libros de los bolsillos del abrigo y requisó su maletín, en el que había metido cientos de notas importantes y las direcciones de sus clientes, fue cuando empezó a resistirse furibundo. Tuvieron que someterlo. Por desgracia, en ese momento se le cayeron las gafas al suelo y este mágico telescopio suyo al mundo mental se rompió en mil pedazos. Dos días más tarde, lo mandaron con su fino abrigo de verano a un campo de concentración de prisioneros civiles rusos cerca de Komárom.

No hay ni un solo testimonio de los horrores espirituales que experimentó Jakob Mendel a lo largo de esos dos años en el campo de concentración, sin libros, sus adorados libros, sin dinero, en medio de sus compañeros indiferentes, rudos, la mayoría de ellos analfabetos, en aquel gigantesco presidio humano; de lo que allí padeció, apartado de su excelso y singular mundo de los libros como un águila con alas cortadas, separada de su elemento etéreo. Pero gradualmente el mundo, despertándose de su locura, ha ido sabiendo que, de todas las atrocidades y agresiones criminales de esta guerra, no ha habido ninguna más absurda, superflua y por ello moralmente inexcusable que el encierro y acorralamiento tras alambre de espino de civiles desinformados, considerados no aptos para el servicio militar, residentes desde hacía muchos años en países extranjeros que habían convertido en su patria y, a causa de su confianza en el sagrado derecho al asilo respetado incluso entre los tunguses y los mapuches, no habían llegado a escaparse a tiempo. Un crimen de la civilización perpetrado del mismo modo inútilmente en Francia, Alemania e Inglaterra, en cualquier territorio de esta Europa nuestra inmersa en la irracionalidad. Y tal vez Jakob Mendel, como cientos de otros inocentes encerrados entre aquellas vallas, podría haber sucumbido a la demencia o podría haber perecido penosamente a causa de la disentería, de la extenuación o de la perturbación mental, de no ser porque una casualidad, una típicamente austríaca, lo trajo de vuelta una vez más a su mundo en el último momento. Tras su desaparición, fueron, de hecho, múltiples las cartas de antiguos clientes que llegaron a su dirección; el conde de Schönberg, antiguo gobernador de Estiria, coleccionista fanático de obras de heráldica; el anterior decano de la facultad de teología, Siegenfeld, que estaba trabajando en un comentario de San Agustín; el octogenario almirante en jefe, barón de Pisek, que seguía retocando sus memorias... todos ellos, sus fieles clientes, escribieron en repetidas ocasiones a Jakob Mendel al Café Gluck y algunas de aquellas cartas se le reenviaron al desaparecido al campo de concentración. Allí cayeron en manos de un capitán por casualidad benevolente y este se asombró de los distinguidos contactos que tenía aquel judío menudo, sucio y medio ciego que, desde que se le habían roto las gafas (no tenía dinero para conseguir otras nuevas), permanecía acuclillado en una esquina en silencio, ciego y gris como un topo. Alguien que poseía ese tipo de amistades tenía que ser especial, después de todo. Y así permitió que Mendel contestara a aquellas cartas y solicitara a sus benefactores que intercedieran por él. Estos no se demoraron. Con la solidaridad entusiasta de todo coleccionista, su excelencia y el decano pusieron en marcha enérgicamente sus contactos y su aval conjunto consiguió que Mendel, el de los libros, regresara a Viena en el año 1917, tras más de dos años de confinamiento, con la condición, por supuesto, de presentarse a diario ante la policía. En todo caso, se le autorizó a volver al mundo libre, en su decrépita, minúscula y estrecha habitación abuhardillada, y pudo volver a pasar por delante de los escaparates de sus queridas librerías y, sobre todo, pudo regresar a su Café Gluck.

Aquel regreso de Mendel del submundo infernal al Café Gluck me lo pudo relatar desde su propia experiencia la buena señora Sporschil.

—Un buen día, ¡Jesús, María y José! ¡No pude creer lo que veían mis ojos! Se abrió la puerta, ya sabe usted, así como él hacía, en diagonal, solo una rendija, como siempre, y allá que entró en el café, caminando a trompicones, el pobre señor Mendel. Llevaba puesto un abrigo militar estropeado, lleno de remiendos y algo para cubrirse la cabeza, lo que tal vez hace tiempo fuese un sombrero, uno que procedía de la basura. No llevaba nada al cuello y había adquirido el aspecto de la muerte: rostro grisáceo, cabello grisáceo y tan escuálido que daba pena. Pero allí que entró, exactamente como si no hubiera pasado nada, no preguntó ni dijo nada, entró hasta su mesa, se quitó el abrigo, pero no como antes, con agilidad y ligereza, sino que tuvo que jadear y resoplar con fuerza durante todo el proceso. Y no traía consigo ningún libro como antes: se limitó a sentarse allí y no dijo ni palabra, ni hizo otra cosa que mirar fijamente hacia delante con unos ojos mortecinos y vacíos. Muy poco a poco, solo cuando le trajimos todo el fajo de cartas que le habían llegado desde Alemania, empezó de nuevo a leer. Pero ya nunca fue el mismo de antes.

No, ya nunca fue el mismo, ya no era el *miraculum mundi*, el archivo mágico de todos los libros; todos los que entonces lo vieron me han contado lo mismo con melancolía. Algo en su mirada lectora, antes tranquila y casi adormilada, parecía destruido sin remedio; algo se había hecho añicos: en su frenética trayectoria, el espantoso cometa sangriento también debía de haber colisionado contra esa estrella remota y pacífica, esa estrella alciónica que era su mundo de libros. Sus ojos, acostumbrados durante décadas a las delicadas y silenciosas letras, como patas de insectos, de las palabras impresas, habían debido ver horrores en aquel presidio humano rodeado de alambre de espino, por lo que los párpados se le ensombrecían pesados sobre unas pupilas que antaño refulgían con ironía y brillo. Los ojos, que antes albergaban una mirada tan vivaz, se le entrecerraban somnolientos y con los contornos enrojecidos tras las gafas reparadas, trabajosamente recompuestas con un delgado cordel. Y lo que era aún más espantoso: alguno de los pilares en la fantástica obra de arte que era su pensamiento debió de desmoronarse y toda la estructura se había sumido en la confusión; pues tan frágil es nuestro cerebro, ese mecanismo de conmutación hecho de la sustancia más sutil, ese instrumento de precisión mecánica que conforma nuestro conocimiento, que una venilla obstruida, un nervio pinzado, una célula agotada o cualquier molécula desplazada basta para hacer que enmudezca la armonía esférica y maravillosamente amplia de una mente. Y, después de su regreso, en la memoria de Mendel, ese teclado único de conocimiento, se atascaban las teclas. Cuando, de tanto en tanto, alguien acudía a pedirle información, lo contemplaba extenuado y ya no comprendía, entendía mal y se olvidaba de lo que le decían. Mendel ya no era Mendel, al igual que el mundo ya no era el mundo. Ya no se balanceaba adelante y atrás en absoluta concentración mientras leía, sino que se sentaba la mayor parte del tiempo inmóvil, con las gafas vueltas hacia el libro mecánicamente, sin que se supiera si estaba leyendo o si se limitaba a vegetar. Según contaba la señora Sporschil, en muchas ocasiones dejaba caer pesadamente la cabeza contra el libro y se quedaba dormido a plena luz del día, a veces miraba con fijeza durante horas la extraña luz maloliente de la lámpara de acetileno que se había instalado en la mesa en aquellos tiempos de escasez de carbón. No, Mendel ya no era Mendel, ya no era una maravilla del mundo, sino un inútil fardo de barba y ropa de respiración trabajosa, olvidado sobre el que antes fuera su pítico asiento, que ya no era el orgullo del Café Gluck, sino una vergüenza, una mancha grasienta, apestosa, desagradable de ver, un parásito innecesario e incómodo.

Eso precisamente fue lo que le pareció al nuevo propietario, de nombre Florian Gurtner, proceden-

te de Retz, que se había hecho rico con el contrabando de harina y mantequilla durante la hambruna de
1919, y que arrebató de entre las manos el Café
Gluck al honrado señor Standhartner por ochenta
mil coronas en papel moneda deshojadas como una
flor. Se puso en marcha con sus recias manos de
campesino, sin miramientos ni contemplaciones, re-
novó el antiguo café, compró nuevos sillones en el
momento oportuno por una ganga, instaló una fa-
chada de mármol y, sin perder ni un minuto, negoció
con el local vecino para convertirlo en una sala de
baile. Como es natural, para todas estas mejoras
apresuradas, le importunaba muchísimo aquel parásito procedente de Galizia, que tenía ocupada una
mesa para él solo el día entero desde temprano por
la mañana hasta por la noche y que, durante todo el
día, lo único que consumía eran dos grandes tazas de
café y cinco panecillos. Aunque Standhartner le tenía un cariño especial a su viejo cliente y trató de
explicarle lo importante y significativo que era aquel
Jakob Mendel, lo había traspasado, por así decirlo,
junto con el inventario, como si fuera una onerosa
servidumbre a cuenta del negocio. Sin embargo, junto con el nuevo mobiliario y la espaciosa caja registradora de aluminio, Florian Gurtner también había
desarrollado una desmedida conciencia rentabiliza-
dora y no podía esperar a sacarse alguna excusa para
barrer de su local, ahora elegante, aquel último resto
de mediocridad suburbana. Parece que pronto se le
presentó una buena excusa, pues a Jakob Mendel no
le iban bien las cosas. Los últimos billetes que tenía
ahorrados los machacó la trituradora de la inflación,

sus clientes habían desaparecido. Y para volver a subir las escaleras como pequeño marchante de libros, recolectando libros de puerta en puerta, le faltaban fuerzas a aquel hombre cansado. Que se encontraba en dificultades era algo que se veía en cien pequeños detalles. Apenas pedía que le trajeran la comida del restaurante y también dejaba siempre a deber durante cada vez más tiempo hasta las cantidades más mínimas por un café y un panecillo, incluso una vez se demoró tres semanas en pagar. Ya entonces el jefe de camareros quiso echarlo a la calle. Pero intercedió por él la buena señora Sporschil, la encargada de los aseos, que fue quien lo avaló.

Sin embargo, al mes siguiente tuvo lugar la desgracia. Ya en varias ocasiones, el nuevo jefe de camareros se había percatado de que, al hacer caja, las cuentas no cuadraban con la bollería. Se confirmó que desaparecían cada vez más bollos de los que se registraban y se abonaban. Obviamente, sus sospechas recayeron de inmediato sobre Mendel; pues el viejo sirviente tambaleante había acudido varias veces a quejarse de que Mendel le debía la cuenta desde hacía medio año y que no lograba sacarle ni una moneda. Así pues, el jefe de camareros prestó a partir de entonces especial atención y, apenas dos días más tarde, tuvo éxito, pues ocultándose tras la pantalla de la estufa, sorprendió a Jakob Mendel cuando este se levantó disimuladamente de su mesa, fue hasta la sala principal, rápidamente cogió dos bollitos de la panera y los engulló con avidez. En el momento de hacer caja, él aseguró que no se había comido ninguno. Entonces quedó aclarada la desaparición del pan. El camarero informó de inmediato del incidente al señor Gurtner y este, contento de tener la excusa que tanto tiempo llevaba buscando, le gritó a Mendel delante de todo el mundo, lo acusó de ladrón y fanfarroneó de su magnanimidad diciendo que no iba a llamar de inmediato a la policía. Eso sí, le ordenó que en ese instante se largara de allí para siempre. Jakob Mendel solo tembló, no dijo nada, salió dando traspiés de su sitio y se marchó.

—Una lástima, eso fue —dijo la señora Sporschil al describir su despedida—. Jamás olvidaré cómo estaba allí, de pie, con las gafas sobre la frente, blanco como una sábana. Ni siquiera tuvo tiempo de recoger el abrigo, aunque era enero, ¿sabe usted?, de un año particularmente frío. Y, con el susto, se dejó el libro sobre la mesa y yo me di cuenta después y quise llevárselo. Pero él ya había traspasado el umbral de la puerta trastabillando. Y ya en la calle, no me atreví a seguirlo, pues el señor Gurtner se había apostado en la salida y le gritaba a sus espaldas, de tal modo que la gente se quedaba mirando y se congregaba alrededor. Sí, una vergüenza, eso es lo que fue, ¡me sentí avergonzada hasta en lo más profundo de mi alma! Una cosa así jamás habría sucedido con el viejo señor Standhartner, que no habría ahuyentado a alguien solo por un par de panecillos, ¡con él habría podido comer gratis durante el resto de su vida! Pero la gente de ahora no tiene corazón. Expulsar así a alguien que se había pasado sentado en el café día tras día durante más de treinta años... De verdad, qué vergüenza fue. No me gustaría tener que responder de ello ante el buen Dios, ¡desde luego, a mí no!

La buena mujer se había exaltado mucho y, con la apasionada verborrea debida a su edad, repetía una y otra vez que qué vergüenza y que el señor Standhartner no habría sido capaz de hacer algo así. De este modo, tuve que preguntarle por fin qué había sido de nuestro Mendel y si había vuelto a verlo. Entonces perdió la compostura y se emocionó aún más.

—Cada día, cuando pasaba junto a su mesa, puede usted creerme, cada vez me daba un sobresalto. Siempre me hacía pensar dónde podría estar el pobre señor Mendel. Si hubiera sabido dónde vivía, habría ido a llevarle algo caliente; porque ¿de dónde conseguiría sacar dinero para calentarse y comer? Y, que yo supiera, no tenía ni un solo familiar en este mundo. Pero, al final, como seguía sin saber nada de nada de él, acabé por pensar que habría pasado a mejor vida y que no volvería a verlo. Y, de hecho, me planteé si no debería encargarle una misa; pues era un buen hombre y nos conocíamos desde hacía más de veinticinco años.

»Sin embargo, una vez, bien temprano, a las siete y media de una mañana de febrero, estaba limpiando el cobre de las barras de las ventanas cuando, de repente, ¡pensé que me había dado un ataque!, de repente, se abrió la puerta y allá que entró el señor Mendel. ¿Sabe usted?, entró tan inclinado y desorientado como siempre, pero esta vez había algo diferente en él. Me di cuenta de inmediato, que se arrastraba de acá para allá, con los ojos muy vidriosos y, ¡Dios mío!, qué aspecto tenía, ¡era un saco de huesos con barba! Según se acercó a mí, me preocupé cuando lo vi así: se me ocurrió al instante que no se acordaba de nada, que vagaba a plena luz del día como un sonámbulo que lo había olvidado todo, que no recordaba lo de los panecillos y lo del señor Gurtner y lo vergonzoso que había sido cuando lo echaron, y que no sabía ni quién era. Gracias a Dios, el señor Gurtner aún no había llegado y el jefe de camareros estaba bebiéndose su café. Rápidamente, me planté ante él para hacerle entender que no podía quedarse allí, que haría que lo echara otra vez ese tipejo desgraciado —entonces miró a su alrededor reticente y se corrigió al instante—, quiero decir, el señor Gurtner. Por eso, le dije: "¡Señor Mendel!". Me miró fijamente. Y entonces, en un santiamén, ¡Dios mío, qué horrible fue!, en un santiamén debió recordarlo todo, porque se encogió al momento y empezó a temblar, pero no solo le temblaban los dedos, no, sino que le traqueteaba todo el cuerpo, incluso hasta los hombros, y avanzó trastabillando rápidamente de vuelta hacia la puerta. Allí se desmoronó. De inmediato telefoneamos al servicio de emergencias y se lo llevaron, febril como estaba. Esa tarde falleció de neumonía grave, según dijo el médico, y tampoco mantenía la consciencia cuando volvió a nosotros. Se ve que se vio atraído hasta aquí como un sonámbulo. Dios mío, cuando alguien se ha sentado durante treinta y seis años en el mismo sitio todos los días, esa mesa es lo mismo que su casa.

Seguimos hablando largo rato sobre él, pues ambos éramos los últimos que conocimos a este hombre singular: a mí, que, siendo joven como era, a pesar de su existencia microscópicamente minúscula, me había proporcionado el primer atisbo de una vida que girara por completo alrededor del intelecto y ella, la pobre y esforzada responsable de los aseos, que jamás había leído un libro, que había establecido un vínculo con aquel camarada de su mundo pobre e inferior, porque se pasó veinticinco años cepillándole el abrigo y cosiéndole los botones. Y, sin embargo, ambos nos entendimos a la perfección en aquella vieja mesa olvidada en compañía de una sombra a la que los dos habíamos invocado juntos; pues el recuerdo siempre une y lo hace por partida doble si es un recuerdo cariñoso.

De repente, en mitad de la charla, la señora Sporschil recordó algo:

—¡Jesús! ¡Qué olvidadiza soy! Todavía tengo el libro que aquel día dejó encima de la mesa. ¿Dónde podría habérselo llevado? Como nadie lo reclamó, después pensé que debía quedármelo como recuerdo. No hay nada malo en ello, ¿verdad?

Rápidamente lo sacó de su cuarto trasero. Y me esforcé por reprimir una pequeña sonrisa; pues al destino, siempre juguetón y a veces irónico, le gusta maliciosamente mezclar lo desgarrador con lo cómico. Se trataba del segundo volumen del *Bibliotheca Germanorum Erotica et Curiosa* de Hayn, un compendio de literatura galante bien conocido por todos los libreros. Justo este escabroso catálogo —*habent sua fata libelli*—, como último legado de un mago difunto, había caído en unas manos iletradas, cuarteadas y rojizas que no habían sostenido nunca antes otra cosa que no fuera un libro de oraciones. Me esforcé por mantener firmemente cerrados los labios conteniendo la sonrisa que me salía de dentro sin quererlo, y esa pequeña vacilación desconcertó a la buena señora. ¿Acaso era algo valioso o creía yo que podía quedárselo?

Le estreché la mano afectuoso.

—Quédeselo sin miedo. Nuestro viejo amigo Mendel hubiera sido feliz de saber que, al menos, uno de los muchos miles de libros que le debemos sirve para recordarlo.

Y, a continuación, me marché y me abochorné por aquella buena anciana que, de una manera tan simplona y, sin embargo, tan humana, se había mantenido fiel a aquel difunto. Por eso, ella, la inculta, había guardado al menos un libro para conmemorarlo; yo, sin embargo, había olvidado durante años a Mendel, el de los libros, yo, que tendría que saber que los libros se crean para unir a las personas más allá de su propia respiración y protegernos así de los enemigos inexorables de cualquier vida: la fugacidad y el olvido.

Austral Cuentos ofrece al lector breves antologías de relatos de los mejores escritores de todos los tiempos.

AUTORES DE LA SERIE UNIVERSAL

Antón Chéjov

Joseph Conrad

Fiódor M. Dostoievski

F. Scott Fitzgerald

E. T. A. Hoffmann

Franz Kafka

Jack London

H. P. Lovecraft

Katherine Mansfield

Carson McCullers

Bram Stoker

Oscar Wilde

Virginia Woolf

Stefan Zweig

AUSTRAL